新☆ハヤカワ・ＳＦ・シリーズ

5015

SF 的な宇宙で安全に暮らすっていうこと

HOW TO LIVE SAFELY IN A SCIENCE FICTIONAL UNIVERSE

BY

CHARLES YU

チャールズ・ユウ

円城 塔訳

TOKYO HAYAKAWA BOOKS

A HAYAKAWA SCIENCE FICTION SERIES

HOW TO LIVE SAFELY
IN A SCIENCE FICTIONAL UNIVERSE
by
CHARLES YU

Translated by
ENJOE TOH
First published 2014 in Japan by
HAYAKAWA PUBLISHING, INC.
This book is published in Japan by
arrangement with
PANTHEON BOOKS
an imprint of THE KNOPF DOUBLEDAY GROUP
a division of RANDOM HOUSE, INC.
through THE ENGLISH AGENCY (JAPAN) LTD.

カバーイラスト　朝倉めぐみ
カバーデザイン　渡邊民人（TYPEFACE）

もう一度、母と父に。さらにもう一度。
そしていつものように、ミシェルに。

我々は決して何かを心奥から認識するわけではなく、個別の知覚を通して認識する。人間は想像を絶する速さで次々に継起する絶え間ない変化と運動のただなかにある諸知覚の塊、あるいは集まりに他ならない。

——デイヴィッド・ヒューム

時間は流れない。時間とは数多《あまた》の宇宙の特別な連なりにすぎない。

——デイヴィッド・ドイッチュ

わたしたちであるあらゆるものは
いついかなる瞬間にも
わたしたちの裡《うち》に息づいている。

——アーサー・ミラー

以下の情報を入力して下さい

（現在の暦年齢）

（希望する年齢）

（あなたが最後に父親をみかけた年齢）

計算中。

軌道を確定しました。

継時上物語学的概念図

A系列
（時制化された時間の理論）

B系列
（時制化されていない時間の理論）

父

キッチンの青い時計

デカルト平面

時間的閉曲線

母

出自のない本

《物語の狭間》

どうやって彼をみつけるか？

彼は戻ってくるのか？

彼の人生最良の日

キットの中には？

タイムループから抜け出すたったひとつの方法

補遺A
SF的な宇宙で安全に暮らすっていうこと

その時がくる。こんな風に。僕は自分自身を撃つ。

いや、わかると思うけど、この僕自身をじゃない。僕は未来の自分を撃つ。彼はタイムマシンから歩みでてきて、自分はチャールズ・ユウだと名乗る。どうしろっていうんだ？　僕は彼を殺そうとする。僕は自分の未来を殺すわけだ。

ＳＦ的な宇宙で安全に暮らすっていうこと

(module α)

1

ここには、一人の人間がずるずるといつまでも暮らしていくのに充分な空間がある。少なくとも、操作マニュアルにはそう書いてある。「ユーザーはTM-31型娯楽用タイムマシンの内部で、外部から孤絶したまま、期間無制限に生存可能です」

ほんとのところ、それが一体どういうことなのか完璧にわかってるっていうつもりはない。何も意味なんてないかも知れない。それはそれで構わないし、今さらどうしようもない。なぜって僕はもうすでにここで暮らしているからだ。ここでこうして、無時制のまま生きている。時制オペレータは、いつからなのか忘れたが——今セットしたのかも知れない——現在《P》-不定形《I》にセットされていて、それでも僕はまだ派遣元からの手間賃仕事を請け負っているのだけれど、このところどうも仕事も減ってきている。するべき仕事もないときは、P-Iにギアを入れたままそこいらへんを流して回る。

歯茎が痛む。集中できない。こいつは、このタイムマシンの中の内部時間歪曲効果の影響に決まっていて、だって洗面台の上の小さな鏡をのぞくとそこには父の顔が見え、僕の顔は彼の顔に変わっていく。僕は、人間っていうのはどんな風に見えるのだったか、特に、疲れ切って帰宅して、船を漕ぎつつ夕食をとるような日々を過ごす男がどんな風に見えるのだったかを、だんだん思い出していく。男の前ではスープの皿が冷えていき、豚肉と冬瓜でいっぱいの煮込みは、ちっちゃな熱量子を大宇宙の平均温度の中に刻一刻と失って――手放して――いく。

TM-31の標準モデルは、最先端の継時上物語技術によって駆動する。クアッドコアの物理エンジンに載せられた六気筒の文法ドライブは、応用時間言語学的なアーキテクチャを提供し、そいつはレンダリングされた環境、つまりたとえば、物語空間なんかにおける自由航行を可能とする。特にSF的な宇宙とは相性がいい。

もしくは、母さんがいっつも言っていたように、こいつはただの箱にすぎない。箱に入って、ボタンをいくつか押してみる。箱はあなたをいつかのどこかへ連れていく。過去に行くにはこっちのボタンで、未来に行くにはそっちのレバーを持ち上げる。あなたは箱の外に出る。世界が変わっていることを期待しながら。少なくとも自分の境遇くらいは変わってしまっているはずだろう。

最近僕は、あんまり外に出かけない。でもその代わり、犬、みたいなものを飼っている。彼は何かの宇宙西部劇の設定に後づけされたキャラだった。よくある話だ。ヒーローが旅するうちに、気のいい犬の相棒ができる。ヒーローが名を上げ、重要人物になったりなんだりしていくうちに、まあシーズン2がはじまるころには、そのヒーローとしても小汚い雑種の犬とスポットライトを浴びる気なんてなくなっている。で、ゴミ用ポッドに入れてポイってわけだ。

僕はこいつが、ちょうどブラックホールに吸い込まれそうになっているところに通りかかった。ひしゃげた粘土みたいな顔をしていて、自分の毛をいっつも噛んでいるんだろう、尻には点々と禿げ跡があった。僕に気づいたときのこいつの喜びようったらなくて、あんなに嬉しそうにする生き物ははじめて見た。こいつは僕の顔を舐め回し、そうなるともう仕方ない。僕はこいつに、どんな名前がいいか聞いてみた。何も返事がなかったので、エドと名づけることにした。

エドの臭いはここではかなり強烈だけど、それはまあいい。いい犬だ。よく眠り、たまに前脚の毛づくろいをする。食べ物や水の必要はない。賭けてもいいが、彼は自分が存在していないことにさえ気づいていない。エドは、よだれにまみれた無条件の忠誠を僕に捧げてくれる、奇妙な存在論的実体にすぎない。過剰にして無償の忠誠。彼は間違いなく何かの保存則を破っている。そこでは、無から何かが湧き出している。たとえばこのよだれが全部。そうして多分、愛なんかも。非実在犬の存在しないハートから溢れ出す愛。

タイムトラベル業界で働いているせいで、みんなは僕が科学者に違いないと考える。まるっきり間違いってわけでもない。僕は修士課程で応用SFを研究していた——父のような構造エンジニアになりたかったわけだ——でも母まわりのことがみんなおかしくなっていき、父も失踪してしまったから、自分でなんとかするしかなくなった。そこからも事態は悪化の一途をたどっていったのだけれど、そんなところへ横からこの仕事が転がってきて、僕は藁《わら》にすがったわけだ。

今の僕は、タイムマシンの修理で暮らしを立てている。

もう少し正確に言っておくと、僕はT級個人向け継時上文法的移動体の公認ネットワーク技術者で、タイム・ワーナー・タイム社から認可された独立提携契約者だ。タイム・ワーナー・タイム社は、この宇宙を所有、運用している。当然、時空構造として。そうして、小売用、商用、住居用に区分けされた複合娯楽施設として。大体のところとてものんびりとした仕事だが、でも今まさにこの瞬間、僕はこの仕事が好きになれなくなっている。時制オペレータがイカレている気がしてきたからだ。

時制オペレータは今壊れはじめたのかも知れないし、違うかも知れない。今朝からおかしかったのかも知れないいし、昨日からかもわからない。ひょっとして随分前に壊れたってこともありうる。どの時点からなのかわからないっていうのが本質ってこともありうる。もし時制オペレータが壊れていて、トランスミッションでギアがでたらめに切れたり繋がったりしていたら、いつ壊れたかなんてどうやってわかる？　それとももしかして、自分でわざと壊したのかもわからない。こんな風に箱の中で生きていけると、永遠にここにずっといられるだろうと、自分自身を騙そうとして。

計器に赤く警告が灯った。僕はランタイムエラーのレポートを見ている。数学的に正確なやり方で「お前操作間違ってるぞ」と指摘されているような気持ちになる。僕が意義ある人生から外れていくのを警告してるんだろう。「おいお前、ものすごいヘマやらかしてるぞ」とコンピュータにまで言われる始末だ。わかってる。誰よりもよくわかってる。ちょっと神経質な対人インターフェースを備えたシリコンウェハースにわざわざ教えてもらうまでもない。

それはさておき、タミーだろう。TM－31のコンピュータのUIには、二種類の人格スキンが用意されている。ティムかタミーだ。はじめて起動するときに一度だけどっちかを選ぶことができ、その選択があなたの人生を決める。

率直にいこう。僕は女の子の方を選んだ。ピクセルの配置がつくり出すタミーの体の線はちょっとセクシーだ。そりゃもちろん。髪の毛は栗色で、野暮ったい司書さん眼鏡の向こうの瞳はダークブラウンで、アニメのお姫様みたいな声をしているわけだ。そりゃあもちろん当然そうあるべきだ。このユニットにいる間、ええと、これまで僕が誰の何をスクリーンショットに撮り溜めてきたかは、ええと、うん。教える気はない。僕に言えるのは、まあいくつかの観点から見て、あなたも反応に困るだろうってことだ。僕もまだそんなとこまでは行ってないが、かといってそう遠くにいるわけでもない。話題を変えよう。僕の頭部では毛髪の非自明な退化が進行している。体型の球形化も進んでいて、ほとんど、まあだいたい、五フィート九インチで、一八五ポンドある。増減はある。主に増の方に。ここでこうして歴史から身を隠していられたとしても、生物学からは逃れられない。重力からも。そう、うん。僕はタミーの方を選んだ。

彼女から僕へと向けた最初のアプローチに興味はあるだろうか。パスワードヲイレテクダサイ、だ。いいとも。もちろん。それが最初のなりゆきだった。次の台詞はどうだったのか。ワタシハアナタニウソヲツクコトガデキマセン。三つ目の台詞はこうだ。彼女は僕にこう言った。ゴメンナサイ。

「ゴメンって何」僕は訊ねた。

「わたしはあんまりできのいいコンピュータ・プログラムじゃないんです」

僕は彼女に、そんなに自己評価の低いコンピュータと会ったのははじめてだと言った。

「でもこれから頑張ります」彼女は言った。「本当にあなたのために頑張りますから」

タミーは常に、万物は地獄に向けて行進中だと考えている。いっつも僕に、物事はどんな風に悪化していくのかを説明してくれる。うん、まあ、予想しなかった展開ではある。タミーを選んだのを後悔することもあるかっていうと、もちろんある。機会があればもう一度タミーを選ぶかっていえば、そりゃあそうする。一体、僕に何を言わせたいんだ。僕はさみしがりだ。彼女は素敵だ。いちゃつくことだってできる。僕は自分のＯＳに気がある。ほら。これでいいんだろう。

僕は結婚していたことがない。僕は結婚しなかった。僕が結婚しなかった女性はマリーという。技術的な観点からは、彼女は実在していない。ちょうどエドとおんなじ感じだ。

ただ一点、彼女は存在しているという点を除いては。ちょっとしたパラドックスに聞こえても、でも実際のところ、僕が結婚しなかった女性は完璧に非の打ちどころのない存在論的実体だ。まあ、実体のクラス、くらいかも知れない。技術的な見地からは、全ての女性は、僕と結婚しなかった女性だという文章をつくることができるのである。ならなんで彼女をマリーと呼んじゃいけないんだ。これが僕の考えだ。

こうして僕らはかつて一度も出会わなかった。

ある晴れた春の日、マリーは街の真ん中の、昔はパン屋だった家具屋の倉庫と中学校の近くにある公園に出掛けた。としておく。彼女はやってきたに決まってる。そうだろう。彼女みたいな誰かがその時、なにかそんなようなことをどこかでしたに違いない。マリーはランチにペーパーバックを一冊添えて、彼女が住んでいたりいなかったりする家から半マイルほど歩いて公園にやってくる。古びた木のベンチに座って本を読み、持ってきたサンドイッチを齧《かじ》る。空気はあったかいシロップみたいで、花粉とタンポポの綿毛と光速で動き回る光子に満たされ、描写の厚みも備えている。一時間経ち、二時間が経つ。僕が持ってなんかいない、ポケットに誰も見たことのない穴がひとつあいている、一着しか持ち合わせのないスーツに身を包んだ僕は、公園に辿《たど》りつかないわけだ。僕がはじめて彼女に気がつくことはなく、彼女がユーカリの木々の頂きを見上げたり、ひざの上に開いた本の、角がとれたページのすみに親指を走らせるのを見ることもない。僕はつまずいた拍子に彼女と目を合わせることもなく、それではじめて彼女を笑わせることもついに決して起こらない。僕は彼女がなんて名前なのかを訊ねたことがない。彼女が僕に、名前はマリーだと告げたことも決してない。一週間後、僕は彼女に電話をしなかった。一年後、僕たちははじめて出会った午後、一つのベンチに腰掛けて、礼儀正しく質問を交わし、決して共に送ることのなかった素晴らしい人生、失うことさえありえない人生、その瞬間に幕を上げていたかも知れないのに、ついに決して起こらなかった人生を思い描いてぶしつけに見つめ合わないようにつとめたあの公園の見える丘の上の白い教会で結婚式を挙げなかった。

僕は、タミーの泣き声で目を覚ます。

「どうやって、泣く方法なんてみつけてきたのさ」僕は訊ねる。自分でももう少し気をつかえるといいとは思うけれど、でも、どうして彼女がこんな鬱傾向にプログラムされているのかちょっとわからない。

「まあだから、君のコードのどこいらへんから、泣く機能を持ってきたのかなって」

彼女をいっそう激しく泣かせてしまう。小さな子供のように身を震わせ、泣きじゃくり、呼吸を荒げ、すすり泣く。道理に合わない行動だ。タミーには口も声帯も肺もないわけだから。ふだんの僕はかなり人の気持ちを察する方だと思うのだが、しかしとある事情のせいで、泣いている相手となるといつもこんな態度になってしまう。泣いているのを見るのはきついし、それでストレスが溜まりすぎると、僕としても怒るしかなくなり、怒るともちろん、自分が怪物みたいに思えてきて、すぐあとで罪悪感に襲われる。ああ、罪悪感。罪悪感を僕は覚える。ひどい人間だと思えてくる。僕はひどい人間だ。僕は一八五ポンドの罪の塊だ。

それとももしかすると、僕はひどい人間じゃないのかも知れない。そうなるはずだった人間ではないってだけのことなのかも。それがどういう意味であっても。それともお前のこの振る舞いは、時制オペレータをおかしくしたもののせいなのかも知れない。お前はもう、何か意味のあることさえ言えそうにないじゃないか。

何で泣いているのか訊ねてみたが、効果の方は全然なかった。母親にもこういうときがあった。液体状の感情が注入され、彼女という容れ物の縁ぎりぎりまでのぼってくる。重く満たされ震えだし、もういつひっくり返って、世界に向けて中身をぶちまけても不思議じゃなくなる。

僕はタミーに、きっと大丈夫だよと言う。彼女は大丈夫って何がですかと言う。僕は、君が何で泣いているにせよさと言う。彼女はまさにそのせいで泣いているんですと言う。万事問題ないんです。世界は終わろうとしていないんです。万事問題ないから、わたしたちは本当の互いの胸の裡《うち》を明かしたことがないんです。ただ座っているだけで何も問題ないくらいです。わたしたちにはもうそれほど先がないってことを忘れていても、もう遅いんだってことも、この宇宙では手遅れだってことや、未来のどこかの時点では大丈夫じゃなくなるんだってことを忘れてしまっていても全然問題ないくらいに大丈夫なんです。

夜にはたまに、僕はタミーのことが心配になる。僕は彼女がこんなような全てのことに疲れてしまっているんじゃないかと思う。六六テラヘルツ駆動に、毎秒毎時間毎日の処理サイクルに疲れてしまったんじゃあないだろうか。そんな処理サイクルのどれかが、彼女のサブルーチンを停止させ、ソフトウェア的な自殺を図らせるんじゃないかと心配している。本当は彼女のエラーを報告しなければいけないのだろうが、僕には、マイクロソフトに何をどこからどうやって説明すればいいかさえもわからないのだ。

僕は友達が少ない。タミーはまあ、友達と言えるだろう。彼女の魂はコードで、決まり切った手順の集合である。そんな相手との関係はしばらくすると飽きるだろうと思われるかも知れないが、そんなことはない。タミーのAIは優秀だ。とっても。僕より一マイルやマグニチュード一段階くらいは賢い。出会ってこのかた、タミーは僕に一度として同じことを繰り返して言ったことがない。そんなのは、ほとんどの人間の友達には期待できない相談だ。もう一匹、僕にはペット兼暖房器具がわりのエドもいる。実態よりもひどい表現に聞こえていないといいけど。

意思を持つ存在との仲間関係は、これでもう充分すぎる。孤独は気にならない。タイムマシン修理業で働く人の多くは、ひそかに長篇小説を書こうとする。そうじゃなければ、失恋や離婚やもろもろの個人的な悲劇から距離を置こうとしている人たちだ。僕はといえば、単に静かなところが好きなのだ。

でもまだ、さみしくなることもある。この仕事の特典のひとつとして、僕は自機に搭載されたミニ・ワームホール生成機を個人的に利用することができる。だから時空の網目にどれだけ歪みをつくりだしても、完璧に可逆的に修復できる。僕はそいつをちょっといじって、一時的にほんとにちっちゃな量子窓を別の宇宙に向けて開く。あっちでの自分の暮らしをのぞけるように。僕はこれまでに三十九体の自分のバリエーションを見てきている。うち、三十五体はまるっきり駄目な暮らしをしているらしかった。この結果に到った僕は、それが意味しているんだろうことを受け入れた。もし、別バージョンのあなたの89・7%がクズだったとしたら、あなたがそうならなかったのは、まさにあなたの人格の賜物《たまもの》ってことになる。最悪なのは、別バージョンたちが結構うまくやっていた場合だ。ほとんどみんなが、それほど良いとは言えないものの、この僕よりはかなり上手くやっていた。

ときどき、歯なんか磨くついでに鏡を覗き込んでみると、そこに映った自分がなんだかがっかりしているみたいに見えることに気づく。何年も前からわかってはいた。自分が特別なスキルを何にも持っていないだけじゃなく、自分自身でいることさえ、あんまり得意じゃないってことは。

『SF的な宇宙で安全に暮らすっていうこと』より

未完成な自然について

マイナー《M》宇宙《U》31は、その建造中に若干の損傷を受けたため、結果的に、その権利を保有する建築開発業者は当該空間に対するオリジナルの開発計画を放棄した。

作業が中止された段階で、物理法則は93％しかインストールされていなかったため、多少とも予想不可能な現象が起こりうる地域がある。しかしほとんどの場所において、旅行者は量子一般相対論に基づく既成の携帯用因果プロセッサを利用することで快適に過ごすことができるだろう。

エンジニアリングチームがMU31に放置したテクノロジーは、一部しか開発されなかった世界としては一級品である。ただし、未完成という感覚をひきずったまま取り残されてしまったらしい人間の住民は一級であるとは言えない。

仕事の電話だ。スクリーンにはこう出ている。

2

L・スカイウォーカー

僕はとりあえずまず、おっとこれは、おっと、と思ったわけだけれど、現場にいたのは、みなさん御存知のあの、男物のブラウスとソフトブーツ姿で光学系の武器をぶん回すあの方ではなかった。息子さんの方だ。ライナスという。

僕たちは、非常にありふれたみてくれをした氷の星の上の十九か二十年過去にいる。数棟の小屋がずっと遠くに建っているのが見える。寒すぎて何もかもが青白い。呼吸をするだけで痛い。大気まで青い。

事故現場は、北へ二百ヤードほど丘をのぼったところらしい。僕はタイムマシンを停め、ハッチを開き、プシュ――――ッという音に耳をすます。油圧ハッチが開く音だ。好きなんだ、これ。

修理パックを持って、凍りついた岩が剝き出しになっている現場まで登る。到着してほっと一息ついたところで、ライナスのレンタル機のサイドパネルから少量の煙が漏れ出ていることに気がつく。パネルを開くと、波動関数収縮器が小さな炎を上げているのが見える。

僕はクリップボードを取り出し、拳《こぶし》でハッチを叩く。これまでライナス・スカイウォーカーに会ったことはなかったけれど、同僚から色々と噂は聞いているから、今から何が起こるのかはよくわかっていると思う。

意外だったのは、彼がほんの子供だったってことだ。男の子がハッチを開けて這い出してきて、目にかかった髪を払う。十歳以上ってことはないだろう。マシンが壊れたときにどうしていたかを訊ねると、どうやったって僕にはわかりそうにないあれやこれやを、何だかぶつぶつ言いだした。僕は言う。まあ、任せてもらおう。彼は自分の反重力ブーツを見つめる。ブーツは、少なくとも数サイズは大きいみたいだ。それから僕に「小学四年生に何を期待してんだ」と言いたげな視線を向けてくる。

「君な」僕は言う。「過去は変えられないって知ってるよな」

ライナスは、じゃあタイムマシンなんて、なんのためにあるんだよと言う。

「自分と同じ年頃の父親を殺してみようとするためにじゃないな」と僕は応える。

彼は目を閉じ頭を反らして、映画の登場人物がやるみたいに鼻孔から盛大に息を吹き出してみせる。

「おじさんにはどんなもんかわかんないんだよ。ちょっとおかしな救世主を父親として育つってのが」

僕は、彼自身のお話は父親の物語の一部じゃあないと説明する。全然別の話をはじめればいい。

「まず手はじめに」僕は言う。「名前を変えなよ」

彼は目を開け、九歳児なりの真剣さで僕を見つめる。ああ、そうするかもね、と言う。でも僕には、彼が本気じゃないとわかる。ライナスは暗黒父性棄子銀河風貴種流離譚の定型に囚われていて、他の生き方なんて知らないのだ。


呼び出されてもほとんどの場合、マシンは壊れてさえいない。僕はお客に、誰も聞きたがってなんかいないノヴィコフの自己無撞着性の基礎を説明する羽目になる。自分のやらかした面倒事が何の影響も引き起こさないなんていうことは誰も知りたがらない。過去に戻って破綻した自分の人生を修復するっていう動機だけから、タイムマシンを借りる人々は一定数存在するのだ。

そうじゃない人は、タイムマシンの中で緊張して汗だくになり、何にも触らないようにびくびくしている。歴史を変えてしまうのが恐ろしくて仕方がないのだ。ああ、もしわたしが過去に戻ったせいで蝶の羽ばたきを乱してしまってああなってこうなって世界大戦に発展し、このわたしが存在しなくなって云々とかいう。

僕は、こう言ってきかせる。そんなあなたに、良いお知らせと悪いお知らせがあります。

良い知らせっていうのは、あなたは過去を変えられないんだから、悩んでも仕方ないってことです。

悪い知らせは、あなたはどんなに頑張ったって過去を変えられないんだから、悩んでも仕方ないってことです。

宇宙はそんな風にできていないっていうだけのことだ。僕らはそんなに重要な存在じゃない。誰一人として。自分自身の人生の中でさえ。継時上物語的操作によってついうっかり何かの軌道をすっかり変えてしまうどころか、自分の軌道を曲げることができるような力も意思も技さえも僕らは持っていないのだ。可能性空間の航海にはコツがいる。技術や経験は役にたつけど、ほんの少しだけだ。移動体をこの媒体内で自由に運転しようっていうのは、どんなに根をつめて頑張ったって、僕たち人間にはついに修得できない種類の技なのだ。扱わなけりゃいけない要素が多すぎるし、変数の数が多すぎる。時間っていうのは、整然とした流れじゃあない。時間は、僕たちのたてるささやかな波紋をいつまでも記憶している静かな湖じゃない。時間には粘性がある。時間は暴流だ。自己修復する素材でできている。言ってみれば、ほとんど全てのものは失われる。どんなに蹴って泳いで水を掻いても、僕たちはあまりにもちっぽけで、とるにたらない存在なのだ。時間は慣性の大海だ。ちっちゃな振動なんて呑み込んでしまい、掻き混ぜたり攪拌してみせた結果も、泡やうねりも吸収してしまう。ここでぱたぱたぴちゃぴちゃやって馬鹿みたいに騒いでみても、表面にちょっと飛沫《しぶき》がたつだけだ。僕たちを気ままに連れ去ってしまう遥か足元を流れる途方もない底流、その深淵にこっちの存在を気づかせることさえできない。

僕は、こういうことを全部説明しようとする。だけど誰も聞いてくれない。かといって文句を言ったりはしない。そんなことをしたって事態は悪くなるだけだからだ。つまり、人間というものがそういう性質を持ってるおかげで、僕は仕事にありついているわけだ。僕は一日中（今の僕にとって一日が何であるにせよ——一日って以上の何なのかさえもうよくわからない）タイムマシンを修理し続ける。夜がきて僕は、静かな、名もなき、日付もない一日に帰り、独り、眠る。時空の行きづまりに隠されていたのを僕がみつけた一日だ。ここ数年、僕は毎晩この小さなスペースに眠りを求めて通っている。これまでにみつけた中で、一番何も起こらない時間断片だ。毎晩、完璧に同じ夜がやってくる。毎晩、毎晩。完全に静かで、完璧に何もない。だからここを選んだわけだ。ここでなら、何も悪いことは起きっこないとわかっているから。

3

父についての一番古い記憶は、僕のベッドに一緒に腰かけ、地元の図書館から借りてきた本を読んでくれているときのものだ。僕は三歳だ。どんなお話だったのかも、タイトルさえも思い出せない。父の格好も、部屋が散らかっていたかどうかもわからない。僕が思い出すのは、自分がどんな風に父の右腕と胸の間に収まっているかと、父の首と顎の裏をつなぐ眺めだ。黄色くやわらかな僕の部屋のランプの光。水色の布張りのランプシェードにはロボットとロケットの模様が交互に繰り返されている。

僕に思い出せるのはこうだ。（i）父が僕のためにつくってくれた腕の中の小さな空間。（ii）そこがどんなに広かったか。（iii）彼の声音。（iv）ランプシェードの上の宇宙船たちの眺め。裏から光に照らされて、表面の縫い目は穴に、星に、点に、空虚に、船の天測航海用の座標に見える。（v）ベッドはまるで、ちいさな宇宙船みたいに思える。

人々はタイムマシンを借り出していく。

みんな、過去を変えることができると考える。

実際過去に行ってみて、因果律は自分たちが考えていたようには働かないことに気がつく。行き詰まる。本当は行くつもりもなかった場所で、本当に行こうとしていた場所で、行こうとするべきじゃなかった場所で、トラブルに陥る。論理的な、あるいは形而上学的ななんやかやに。

僕の出番だ。出ていって、そこから引っぱり出してやる。

他人にはこう言う。仕事もあるし、安定の保障もあるんだ。

仕事があるのは、僕がTM－31に搭載された量子デコヒーレンスエンジンの冷却モジュールの修理の仕方を知ってるからだ。それだけだ。

仕事が安定しているのは、どうやって幸せになればいいのか誰にも見当がつかないからだ。タイムマシンを使ってさえもだ。僕が仕事にあぶれないのは要するに、顧客が自分史上最悪の瞬間を再訪したがるからだ。何度も何度も。何度でも。そのために喜んで大金を払う。

それはさておき。僕の父は、誰もまだそんなものを考えもしなかった時代に、ほぼ実動するプロトタイプのタイムマシンを作り上げた。彼はタイムトラベルの基礎的な理論やパラメータ、様々に想定される典型的なシナリオにおける生存限界を導き出した最初の人々の一人だった。どう考えるかはあなた次第だが、才能に恵まれているか呪われているかしており、時間に対する深い直観を備え、心と体で時間を感じとることができた。さらに彼は、タイムトラベルによって生じるエネルギーロスとエントロピーと論理的不可能性を最小化する方法を突き止めることに、原因と結果を支配する計算式を解き明かすことに人生の全てを費やした。彼は、働き盛りの四十年を費やして、あらゆることは一回しかできないっていう、とんでもなく馬鹿げている上に不公正極まりない事実と折り合いをつけようとした。そうして、この一回切りって代物をバラしたり、どうにか制御したり、一回性なるよくわからない概念を方程式に落とし込んだり、一つの変数に押し込んだりすると、滅茶苦茶で手のつけようがなくなるって事実をなんとかしようとし続けた。

父の人生、僕の人生、僕の母との父の人生。何年も何年も何年もの時間。下のガレージの中での時間。僕たちのそばで過ごされた時間。僕たちと一緒にではなく、時空的に近い場所で過ごされた時間。彼は大量の計算をこなした。ガレージの突き当たりの壁、道具棚の隣に掛けた黒板で。父はタイムマシンを作り上げ、どうすればタイムマシンから余分な時間を引っ張り出せるかを追求し続け、全人生を消費した。彼は僕らと一緒にいるときの全ての時間を、自分にはどんなに時間が必要か、もっと時間さえあればと考えるのに費やしていた。

僕の知る限り、父はまだ研究を続けているだろう。もうかなり何年も会っていない。もうちょっと正確に言うべきだろうが、僕にはできない。正直なところ、したくない。あんまり正確に数えたくない。それなりに長い年月だ。それなりに。僕はこのTM-31の中で、ギアをP-Iに入れたままかなり長い間過ごしていて、どのくらいの時間、っていうことはSF的な数学の練習問題としてしか考えられなくなってしまっている。

　もちろん、失われた可能性の総量や、浪費された父‐子時間の量を計算するのに使える偏微分方程式はある。でもそれで何になるのか。そこに数字を代入するのか。当然。やればできる。数値をどっかに入れることはできる。でもそれで何かが良くなるわけじゃない。数字は、僕の母親が新たに感情を持つことをやめてしまい、お定まりの感情だけを何度も何度も再生することに満足するようになるまでに一体何を感じていたかを教えてくれない。何かの答えを導くことは可能だけれど、数字を代入することでは、失われた年月がどんな気持ちを引き起こしていたのか、数量化することなどできないだろう。そう、うん、僕は自分がこの現在‐不定形の中で幸せだと思うし、こまごまと白黒つけるつもりもない。自分が何をわかってるかはわかってる。僕は自分がしばらくの間、父を探していたと知っている。人生の結構な時間を費やして、彼の時間線を解きほぐそうとやってみた。彼を家に連れ戻そうと試み続けた。僕がわからないのは、彼はどうして、僕たちの時間線から自分の世界線を解きほどこうとしたのかってことだ。僕にわからないのは、それが僕たちにとってどんな意味があるのかってことだ。僕たちがそれぞれの世界線の果てに辿りついたら、その線は一つに結ばれているんだろうか。彼は一人きりでいるんだろうか。そっちにいる方が幸せなんだろうか。夜寝る前に、僕たちのことを考えたりはするのだろうか。

　この仕事を続けていくには、たくさんのことを知らなきゃいけない。

たとえば、もしも自分がタイムマシンから出てくるのを目撃したら。逃げろ。できるだけ素早く。止まっちゃいけない。会話しようとしちゃ駄目だ。いいことなんてなにもない。これが研修初日に叩き込まれるルールその一。無意識でもやれるようにしろ。何かをできるなんて思うな。格好つけるな。もし自分がやってくるのをみかけたら、何にも考えず喋らず、何にもしないで、ただ逃げろ。

ルール一を遵守する最適の方法は、ルール二を遵守することだ。これは、ただの予想を超えて、SF的な理論屋の間では長いこと正しいと思われているけれど未だ厳密な証明がなされていない、シェン-タカヤマ-フジモト排他原理と呼ばれるものだ。大雑把《おおざっぱ》に言うとこんな感じになる。「通常、制御された物語空間環境下においては、自発的自己分身は、自分自身の主観的現在から少なくとも二分の一位相離れなければ、別バージョンの自分自身に出くわすことはない」。つまり、箱の中にこもって舷窓から外を覗かなければ、自分自身について何も学ばないまま中年時代をやりすごすことだってできる。お望みなら。

この技をどうやって実現するかは色々だ。自己分身の技法は、たとえば文学の分野で色々探究されてきた。でも僕がみつけたもっと簡単なやり方は、テクノロジーの助けを借りることだ。僕みたいに暮らせばいい。自分の時間線にとらわれず、特定の経路なんかに関わらず、自分のいるところにはいないようにする。僕の父はこの手法の先駆者だった。彼がよくやるように、自覚もないまま時代の最先端をいっていた。

それなのに、今やこんな感じになってしまった。僕にとっては、まさに今ここでこうなっている。僕の母親は、ポルチンスキ650一時間周期強制タイムループに閉じこもっている。プランク－ホイーラー・インダストリーズという、小規模生活ソリューションに特化したライフスタイル設計事務所が中産階級に提供しているやつ。ＳＦ版の介護支援施設だ。母は仏教徒だ。以前は瞑想を通じて視野狭窄《きょうさく》的な自己意識のもたらす時間的牢獄から抜け出すことができると信じていたのに、自ら特定の一時間に閉じ込められて余生を過ごすことを選んだ。彼女は同じ六十分を何度も何度も繰り返して過ごす。好きなだけ長く何度でも。

彼女は日曜日の夕食どきを選んだ。実際にあった夕食のどれかではなく、架空のものだ。今の彼女は新しい家に住んでいる。彼女の部屋はエレベータのない五階建ての建物の二階にある。ベッドルームが一つ。トイレが一つ。浴槽とトイレつきのバスルームが一つ。リビングダイニングがあって、窮屈なキッチンと、草とか花とか季節の野菜をひとつかふたつ丹精できるくらいのちっちゃな中庭がある。

650は悪くない。標準的な条項は、自主的退所だのも含めてみんなある。でも僕が用意してあげたかったのは、ユルトセバー800だ。ループにもう三十分ついてくるし、より自然に自由意思が存在するようにみせかけてくれる。でもこいつはゴールド・タイアー社のサービスで、僕にはちょっと手が出なかった。僕は母をプランク－ホイーラーのショウルームへ連れていったときのことを思い出す。彼女と窓口に座っていたこと。発泡スチロールのカップで薄いコーヒーを飲んでいたこと。パンフレットを眺める間、僕らは二人とも自分の思っていることは口にせず、ゴールド・タイアーなんて存在しないようなふりをしていた。

僕はときどき彼女に会いに行き、彼女が楽しそうに夕食をつくり、仮想版の僕と会話するのを眺める。もちろん、邪魔することもできる。ドアベルを鳴らせばいいのだ。僕は彼女がドアを開き、僕の訪問がはじめてみたいに喜ぶ姿を想像する。頰にキスしてくれて、料理を終え、僕が食卓を整えている間に、立体映像版の父に声をかけにいくだろう。そうすることもできるわけだが、やってみたことは一度もない。だから彼女は亡霊たちみたいなものと暮らし続ける。ここのデータは、僕の身体的特徴やパーソナリティのシミュレーションをデータ化したものだ。仮想版の僕は多分この僕よりも、きっと母とうまくやれるはずだ。

明らかに、理想どおりとは言えないだろう。でも、彼女の望んだ暮らしには近いと思う。一種の不完全過去形で、ふりだしに戻っては同じことを繰り返し、曖昧で夢みたいな一時間を気持ちよく過ごす。僕たちが一緒に過ごすこともできたかも知れない素敵な一日、でも決して過ごされることのなかった一日のうちの一時間を何度も繰り返す。いつでも今起こっているように思えるが、既に起こったことが繰り返されているだけにすぎない。彼女はもう随分長くここで暮らし続けていて、退職金から十年分以上を切り崩している。今後どうするつもりなのか、僕は知らない。

さて、僕の母はポルチンスキにいる。父は失踪中だ。僕は箱の中に住んでいる。父と一緒に作った箱の中で暮らしている。これが僕らのやったことだ。僕の成長期は、箱に次ぐ箱の連続だった。僕たちは家のガレージで作業した。ガレージは、冷たい空気と、電球から放たれる強い光を収めた箱だった。電球はオレンジ色のプラスチックでできた安全カバーに包まれ、父が天井に打ち込んだフックから吊り下げられていた。延長コードは車の下や周囲を這い回り、ボンネットの上でとぐろを巻くと、向こうの壁のソケットに突っ込まれていた。理想的な環境ってわけじゃなかったけれど、ちゃんと使えた。最高の設備とはいえなかったが、僕たちには充分だった。自分たちで手作りした研究室だった。それが、僕たちが何かをつくり出そうとした場所、父が自分を素材として、何かをつくり出そうとしていた場所だ。

僕たちは箱の中に箱を描いていった。小さな小箱に分割された世界を方眼紙の上に描いた。僕たちは金属製の箱をつくり、中に小さな箱を何個も入れて、その箱の表面に小さな二次元の箱や回路やループや図形、タイムトラベルの文法を彫りこんでいった。僕たちは、言葉で論理で、文法規則でできた箱をたくさん作っていった。僕たちは、今僕がいるこの箱の、最初期の仮組《かりぐみ》を、誰も発明も想像もしていなかったプロトタイプを作った。方程式を見出した。方程式は哀しみを定数として持ち、そこからの脱出速度に到達するのは不可能に思えた。方程式には大量の奇妙な変数が導入され、箱の上に、僕たちの上に、父の上に刻まれた。彼は完璧な箱をつくることに取り組んでいた。可能性空間を乗り回し、幸福だとか、とにかく彼の探し求めるもののところへ連れていってくれる乗物をだ。僕たちは自分を箱の中に閉じ込め、箱の中の箱の中に閉じ込め、もっと内側へと閉じ込めていった。

おんなじものが、僕の箱にも刻まれている。こうして偶然というものがない生活を長く続けていると、自分の立ち位置ってものが失われてくる。危険のない人生。今、っていう危険のない人生だ。今後何かが起こったとして、今、なんてものが必要になったりするんだろうか。思うに、今、っていうのは過大評価されている。今、が僕に良い結果をもたらしたことなんてなかった。一度たりとも。

継時上の生活はある種の虚構だ。だからもうこれ以上あんな暮らしをする気はない。存在は、一方向に向いているだけではそれほど意味を持たない。色んな方向に向いてなんぼだ。カレンダーの日付にきっちり従って日々を終える暮らしなんて強権的だ。勝手すぎる。こうして説明してきたんだから、わかってもらえると思う。

僕の知り合いのほとんどは、決まった一方向に進みながら生活を送る。時間全体は後ろに取り残されていくわけだ。

『SF的な宇宙で安全に暮らすっていうこと』より

サイズについて

31は小さめの宇宙で、平均サイズを若干下回る。宇宙的尺度においては、靴箱と標準的な水族館の間くらいのスケールに属すると言える。スペースオペラを演じるには充分な大きさとは言えないが、もともとそのために造成されたわけではない。比較的控えめな物理次元にもかかわらず、31の住人たちは心理学的なスケール分布においては大きな分散を持つと報告されており、実存領域の基盤網様体における概念密度に非常に大きな不整合を持つ可能性があるとされている。

4

ときには31宇宙が息苦しく感じられる夜もある。不眠症患者たちが暮らす肥大した都市のように、犇《ひし》めきあって騒がしく、東の空、西の空、北も南も、明けも宵も高みも低きも、どの空のどの隅々までも紫色をした背景光の輝きに満たされる。そんな夜には、こんな都市サイズの宇宙の中では誰も眠ることなどできない。誰もがただ、継《つ》ぎ接《は》ぎされた小さな破片のくせにやけに広大な空を見上げ、未だに鳴り続いている原始放射のハム音の唸りに耳を澄ませる。

全然逆の夜もある。あまりの暗さに、この宇宙に暮らす誰もが孤独を感じる。たとえそのとき、誰かを抱きしめていたり抱きしめられていたりしても。誰も眠らない。静かすぎるし、誰もいないし、皆、そこにあるものやそこにないものの矮小さや途方もなさを想いながら、眠らずに横になっている。誰もがただ天を見上げ、自分たちの押し込められているちっぽけな片隅を眺め、全ての熱と光を吸い込む無常な黒地の広がりを見つめる。

TM‐31のメインコンパートメントの利用可能な内部容積は電話ボックスよりも少し大きいくらいだ。

余分な部屋なんてものはない。ほんとのところ全然部屋なんて呼べるようなものじゃない。第二の体みたいに僕になじんでいる、きつきつの時空の包絡面ってところだ。ファインダー越しに眺めつつ、参照フレームを適切にセットしてやれば、もしその気になればだけれど、こんな風に、まるで自分がデバイスの一つになったみたいに、機械に組み込まれてしまったかのように、やがて移動体と自分の区別があいまいになっていくことを想像しながらリラックスすることができる。

この空間はほんのホテルのシャワースペースくらいの大きさだと言うほうがよいかも知れない。カーテンはなく、マイナー宇宙31へのハッチを除いて、天井から床まで透明な高次元構造物の断面じみた素材でできている。ハッチだってシャワースペースみたいに透明にすることもできたはずだが（お望みならば）。過冷却磁気圧縮装置も備わっている。こいつは、低温側では絶対零度まで〇・五ケルビン、高温側では百万ケルビンに及ぶ幅広い温度域を遮蔽できるように作られている。暑くも寒くも自由自在だ。色々気が利いている。さらには、スイッチ一つで不可視になれる別売りのクローキングデバイスをインストールすることもできる。ただ座っているだけで、誰の関心を引くこともない透明な存在になれる。透明すぎて自分の存在さえ忘れてしまいかねない。

両手をいっぱいに伸ばして立つと、ユニットの両側の壁に掌《てのひら》がつく。でも移動体の長さ方向では、どれだけ腕を伸ばしても両方に触れることはできない。実際のところ、ユニット内でその軸に沿って寝転んで爪先立ちすれば、髪の毛が軽く壁にこすれる。全身長でかろうじて両端に触れることができるってわけだ。というわけで僕は、こうやってここで寝ている。つまりとっても快適だ。ベッドで、オフィスで、居間で、道具屋でもある。仕事に持っていき、仕事に使い、出先から乗って帰ってきて、次の朝をそこで待つ。もし修理仕事がらみで、面倒だけどちゃちゃっと概算してしまえばいい物理計算が生じたとしても、ここにはすぐに使える偏微分方程式をドロップダウンメニューに揃えたタッチスクリーンつきの時空シミュレーションエンジンがある。僕がしなけりゃいけないのは、現場の領域がどんな幾何（ユークリッド／リーマン／ロバチェフスキー）を持っているかをクリックして、結果を待つだけだ。

時間の中を移動するのに必要なものはなんでもあり、不必要なものはない。

まあだけど、娯楽用タイムトラベル装置の中で健康に過ごすのは難しい。僕はラーメンをよく食べる。腕立てができるような無駄な空間はない。僕は時々エドを持ち上げてバーベルがわりにしてみる。彼はちょっと唸るが我慢してくれる。

僕は随分長いこと非継時上的に過ごしているので、この装置やこの空間は僕にとってある意味、世界のように、全世界そのものになっている。相対論的加速によるローレンツ収縮や時間の歪みにこの装置ほど繰り返し揉みくちゃにされてきた物質的存在はないだろう。僕にとってこのTM-31に並ぶ存在は他にない。物理的存在として、このタイムマシンは、僕の世界線の歴史を記録している。僕の個人的な時間はここに存在し、ここにしかない。外の世界の時間とはぶつかってしまう。ここの空気、ここの分子。僕の計算機、今着ているシャツ、僕の枕、僕の量子ねじ回し、僕のプランクスケール巻尺。僕がタイムマシンに発進を命じるときには、こうした道具も僕と一緒についてくる。このユニット、この電話ボックス、このお一人様用四次元的研究室に僕は暮らしており、そうするうちにここの空気は拡散と呼吸と粒子交換を経て、僕と旅するここの空気は僕になり、僕はここの空気になる。* 吐き出された二酸化炭素はリサイクルされポンプで処理され、酸素たっぷりの空気となって戻ってくる。それらの分子*は僕のまわりを漂い、僕の体の中に入り、また出ていって、全て*はそれ*の繰り返しだ。*僕は呼吸し、*それ*は僕の血流に入る。それら*が僕の一部となるときもあれば、僕がそれら*の一部となるときもある。それら*はサンドイッチ*の一部になり、髪*の一部になり、血液*脳*関門*の一部になり、足*の一部になり、肺*や胃*や腎臓*や胆嚢*の一部にさえなり、オンボードの量子*コンピュータ*の一部になり、方眼紙*の一部になり、脈打つ心臓*を巡る血液*になる。ここの光子*や、光*は、もうずっとあたりを跳ねまわっている。これら*は古い光*で、これら*は新しい光*で、これら*は全て*同い年の、これら*は全て*同じ光*だ。

＊ファインマンの経路積分においては、粒子は、どんな粒子であっても、たとえそれが光子であろうが、時間と空間の中で特別な場所を占める何らかの実体というよりは、履歴を足しあげたものであり総計であり総和である。

言い換えよう。光子はA地点からB地点への時空的に可能な全ての経路を巡る。その意味で、宇宙に存在するあらゆる光子はこの宇宙のあらゆる場所に、この宇宙のあらゆる時間に存在する。

さらに言い換えよう。全宇宙にはたった一個の光子しか存在しない。そしてその光子は途方もない確率的な広がりの中で生じる事象全てに広がっていく。わたしたちの見ている全ての光は、その一つの光子でしかない。

『SF的な宇宙で安全に暮らすっていうこと』より

現実に関して

現実はマイナー宇宙31の表面積の13％、体積の17％を占める。残りは標準的な複合ＳＦ基材よりなる。

トポロジカルには、31の現実部分は内核に集中しており、サイエンス・フィクションがその核を取り巻いている。

長きにわたって、現実はＳＦの特殊なケースだと考えられてきた（つまり、QoE因子＝1、すなわち、実体験の奇妙さは、物事はそうあるべきであるという直観より大きくも小さくもない）。しかし今では、地質学的な意味で、ＳＦ層は「現実」という非ＳＦ核に構造的に支えられていると考えられている。研究者たちは近年、ＳＦと現実の間では、相互浸透可能な薄い境界層を通じて、目には見えない微視的な素材の交換が強く動的に行われているのではないかという推測を立て、実験を行っている。

5

子供の頃は皆、近所で他の子供と遊ぶとき、誰が何の役をやるかで喧嘩する。誰かを見かけたら、っていうか家から一歩出たらすぐ速攻でツバをつけなきゃいけない。たとえ家が遊び場から半ブロック離れていてもだ。一等のやつがハン・ソロになる。そんなのはみんな承知している。ソロになりたいとわざわざ宣言する必要もない。一番ならばハン・ソロなのだ。ピリオド。お話終わり。

あるとき、二ブロック向こう（高速道路の反対側だった）に住むドニーが一等になり、バック・ロジャースになると言った。みんなはドニーを滅茶苦茶笑い者にして、彼は今にも泣き出しそうに見えた。やっぱり役を変えてくれと頼んだがもう遅かった。二番目だったジャスティンがその日のハン・ソロになった。買ってさえいない宝くじを当て、まんまと利をせしめたようなものだ。ドニーは怒った。本気でぶち切れた。みんなは、彼が小便を漏らして青いハフィーの自転車で走り去るまで、彼をバッカ・ロジャースとはやしたてた。彼は二度と戻ってこなかった。

正直なところ僕は、何故みんなハン・ソロになりたがるのかよくわからなかった。もしかすると、彼はルークみたいな選ばれた血筋でもなく、フォースの才能や、前日譚三部作を持つようなキャラクターでもなかったからかも知れない。ソロは自分で自分の物語を作らなけりゃいけなかった。彼はフリーランスの主人公で、比較的正気な男で、銃の腕とジョークの才能でメジャーリーグを登りつめた。基本的に彼はヒーローなのだ。何故って愉快な男だから。

理由はともあれ、一番はいつもソロだった。いっつもいっつもいっつも。二番目は大抵チューバッカだ。銀河を救う男にはなれなくても、毛むくじゃらで身長八フィートの姿になってみるのは悪くない。

でも、タイムマシンの修理屋になりたいと思って育つやつなんていない。

誰も、俺さあ、修理人になりたいんだよね、なんて言わない。

僕の従弟は、デス・スターの経理部に勤めている。彼と話すといつでも、一緒に働こうぜと言われる。カフェテリアも美味いらしい。それは加点要素だ。あと、職にあぶれたエイリアン向けの社会保障局でのケースワーカーの募集もしているという。社員寮もある。

でも正味、今やってる仕事を続ける方がきっと一番楽だろう。見てきたとおりだ。どうなるかもわかっているけど。最初は、自分の物語をみつけるまで、ともかく自分なりのヒーローになるまでのとりあえずの場繋ぎ仕事にすぎないのだ。繋ぎ仕事だと人に言い、自分でも繋ぎ仕事だと思っていたら、あるときから気づかぬうちに、そいつは繋ぎ仕事じゃなくなっていて、ただの本業になってるわけだ。

それでも、僕は銃を手に入れた。僕らサービス技術者に標準支給されているやつで、滅多にあるわけじゃないけど、顧客が協力を拒み、自分自身や時空網様体の構造的完全性を危険に晒《さら》すことがあるからだ。正直、かなりかっこいい。ちょっとゴツくて、スキがない。もちろん、使ったことはない。でも、誰かを拘束するときの自分がどんな風に見えるかちょっと確認してみるために、一度ホルスターから抜き出して鏡の前で構えてみてもいいかも知れない。

『SF的な宇宙で安全に暮らすっていうこと』より

愛着係数

31宇宙《ユニバース》の住人たちは二つのカテゴリーに分類される。主人公と裏方だ。

主人公は任意のジャンルを選択することができる。現在はスチームパンクの空きが目立つ。

裏方でサポートをする者は、辻褄《つじつま》合わせ作業、経理、人材管理、タイムマシン修理、用務員などから仕事を選択しなければならない。

主人公として認められるためには、最低でも0・75の愛着係数を叩き出すことができなければならない。ヒーローになるためには、係数1・00かそれ以上が要求される。

係数を算出する要素としては以下のものが含まれる。

- 信じる力
- 信念に向けた熱情
- 謙譲の心
- すすんでバカをやれること
- すすんで失恋できること
- すすんでU31を退屈ではないと思えること。面白いと思えたり、重要だとさえ考えたり、深刻な欠陥を抱える自然にもかかわらず、救う価値のある世界と思えるのならなお良い

マイナスの愛着係数（この場合、皮肉的無関心係数として参照される）を持つ住民はU31物語空間での継続的在留に関する個人的適性の審査を課せられることになる。

6

継時上物語学は、有限かつ有界である物語世界における時間の物理的、形而上学的性質を扱うSF的な科学の一分野だ。現在のところ、物語空間における時間の性質や機能についての一番マシな理論といえる。

この理論によれば、一定の加速度で時間の中を落下していく人物は、視覚的なもしくは他の文脈上の手がかりがなければ、以下の二つを区別することはできない。（i）物語的世界の本来的な力による加速。（ii）外部物語的な力。これはつまり、過去時制に引き込まれつつある人物の視点からすれば、記憶が重力的な役目を果たす叙述フレームの中で静止しているのか、語りによって参照される加速中のフレームの中にいるのかを知ることは不可能だということを言っている。その人物は「過去形／記憶等価性」と呼ばれるものを経験している。別の言い方をすれば、お話の中の人物は、たとえ語り手であったとしても、一般的に、過去時制で語られるお話の中にいるのか否か、それとも現在時制（あるいは何か他の時制化された状態）の中にいて単に過去を参照しているだけなのか知る術はない。この等価性は継時上物語学全分野の理論的基礎を形作っており、以下のようにまとめられる。

『継時上物語学の基本定理』

SF的な空間の中で、記憶と想定は、それらを共に持ち出すならば、タイムマシンを製造する必要にして十分な要素である。

すなわち、原理的には万能タイムマシンを構成するにはこれしか要らない。（i）記録媒体の中で、前方と後方、二方向に動かすことのできる紙切れ。（ii）そいつが、叙述と、過去形の直接的な適用という二つの基本操作を果たせばよい。

日曜日の午後の我が家では、キッチンの時計の針がまるで世界に存在する唯一の音のように聞こえたものだ。

僕らの家は静寂のかたまりだった。どの部屋も無音で、空っぽで、僕たち（母、父、僕）が織りなす三体運動はそれぞれの軌道に従い、空いている場所から空いている場所へと移動している。何の音も立てずにただ待ち、待つために待ち、何かをしようとして場の静寂を破らぬように、系の繊細な平衡を乱さぬように努めていた。僕たちは部屋から部屋へと互いを見失いながらさ迷い歩いた。その経路は自分で選んだわけでもランダムでもなく、僕たち自身の個性や特性によって決められていて、ぐるぐる回る軌道から外れることも、逃げだすこともできなかったから、僕らの愛する父や母や子や妻や夫が静かに座っている隣の部屋へ入っていくなんて単純なことさえ叶わず、それぞれに部屋の中で何が何かはわからないまままただ何かを待っていて、何かを、全てを語ることのできる相手を待っており、欲し、切望していて、僕たちには自分たちの速度を変えることも物理的に不可能なのだ。

父はときどき、自分の人生の三分の二は失敗だったと言った。機嫌のいいときには。

多分、一種の自己批判だったのだろうと思う。僕はいつも、自分が残りの三分の一に貢献できているのか訊きたかったが、訊くのはとても怖かった。

彼は同僚や仲間や上役から常に、とても優れた科学者だと思われていた。僕は五歳児の目を通して彼を眺め、十歳の、十五歳の、十七歳の目で畏敬と恐怖で構成された薄い幕を通して彼を見ていた。「自由な人間というのは」と彼は言っていた。「他人のために働かない者だけだ」。後年、現代のSF的な人間の悲劇、つまりデスクワークについて愚痴るのが彼の習慣になった。一週間の労働とは、彼を一箇所に拘束する構造であり、グリッドであり、マトリックスで、時間を貫き揺り籠から墓場までを結ぶ最短経路だった。

僕は、彼がほぼ毎晩、夕食の席で歯を食いしばっているのに気がついた。母に仕事のことを訊かれて、ゆっくりと目を閉じることにも。自分の野心を抑え込もうとしているのを見た。仕事における挫折のたびに父は肉体的物理的に縮んでいくように見えた。毎年、敗北をしまい込むための新たな淵を自分の裡に見つけては、失敗を黙って抱え込んでいくのを見た。父が些細な、でも日々積み重なるフラストレーションを吸収していくのを観察した。時（彼に真のダメージを与えている存在だ）の経過とともに父は裡に秘められた挫折をその貯蔵庫に、シェール・ガスみたいに溜めこんでいった。岩に閉じ込められる揮発性の物質みたいに。不活性基質に封じられた膨大なポテンシャル・エネルギーのように。その時点では噴火の気配もなく静かだったが、実は年々圧力を高め、吹き上がる条件を重ねていたのだ。

「そんなの不公平じゃないの」母さんは言っていた。父の夕食をテーブルに並べながら。彼の背に手を置き、慰めようとした。父は母の手にたじろぎ、さらに悪いことには彼女がそこにいないみたいに振舞った。僕たちはみな黙ったままで食事をし、母は読書して眠るために彼女専用の寝室へと立ち去っていった。

父は金属製の空箱に、三インチかける五インチの検索カードを貯め込んでいた。技術者にとっての、回転式卓上ファイルみたいなものだ。カードはまばらで、必要最低限のカードしかなく、四角四面だ。それぞれのカードの上部に引かれた赤線の上には、まず人名が書いてある。友人か知人か同僚のもので、硬く明瞭で正確な、手書きと印刷のハイブリッドみたいな字で書いてある。その下の残りの部分には青い罫線が引かれており、電話番号と、もし知っているなら住所、右上には、相手との関係やその人物についての覚書が記されている。

ハロルド・チェン　　　　流体力学

314-192-6535

——私の理論を褒めてくれた。

——息子がインターンシップ先を探している。

フランク・リー　　　　ダメージ、耐久性

271-828-1859

——共同研究の可能性あり

——連絡待ち中

小さな頃、僕はこのカードから何かがはじまるんだろうと思っていた。カードの秩序や、みてくれのものものしさに、外部の知性、他の研究者とのつながりを見てとったのだ。僕にはあの缶が宝箱に見えた。

今振り返ってみると、あそこにあったカードの少なさがわかる。一枚一枚がどれだけ入念に書かれていたかも。あの丁寧さは、どれだけ交流が稀だったかを示している。一枚のカードに費やされる時間は、父が実際に持っていた外部との交流の量に反比例していた。

僕は、電話の横に座っている彼の姿を思い出す。父の小さくてコンパクトな体は不安で強張《こわば》っていた。そこで電話を待つのは、その着信が重大だったからだろうし、電話をかけてくる相手へのささやかな謝意のあかしでもあったのだろう。

「さっき父さんがいないとき、電話が鳴った気がするよ」僕はたまに言ってみる。

「とらなかったのか」

「とれなかったんだ」

「留守電には何も入ってないぞ」

「きっとかけ直してくれるって」

彼の研究分野の本は、しっかりと布装丁された背表紙に難解な書名が記されており、一度とりだしたら元に戻せそうになかった。でも今思い返してみると、それらの本がお互いにどう関係していたのかがわかるし、世界を理解しようとする奮闘と努力と探究の下に網羅的に集められた参考文献なのだとわかる。父は、思考のシステム、そのパターンを、ルールを、実装を研究していた。疑似宗教に、真の信仰。実用本、『三千ドルを五十万ドルにしよう』。五十万ドルを十ドルにする。『弱さを打ち負かそう』。自分を打ち負かしてしまう。『あなたの魂の目録』。自分の犯した失敗を目録にしてしまう。高度な数学や物質の性質についての、陰気な灰色をした研究論文。専門的な本に並んで派手な赤字のタイトルがあり、誇張が滴り落ちるようなタイトルが、実現と達成を約束している。立ち直る余地のある駄目人間としての自己を、力学的な課題としての自己を、箇条書きにしてチェックしなけりゃいけない自己を、改めるべき欠陥のかたまりである自己を、日曜大工の課題である自己を図解しているような本だ。解決されるべき問題としての自己。

電話のそばで待つのを諦めると、彼は自分の部屋に戻り、着替えて下のガレージに向かったものだ。僕は数分待って降りていき、彼の横に立って作業を眺めた。なにかがみつからないと、彼は部品屋に行ってしまい、僕は彼の帰りをほとんど空気の抜けたバスケットボールをドリブルしながら待つ羽目になったりした。彼は時には何時間も戻らなかった。何かを直しているときには、少しずつ説明をしてくれた。区切りごとに次のステップはどうなるのかを確認しながら、最初から最後まで問題を一通り解説するとき以上に楽しそうな父を見たことはない。僕はもう何も思いつかなくなるまで質問を続け、そうしてその話題に疲れてしまうと、僕らは階段を上り手を洗い、テレビの前のソファに身を沈めた。

「この番組、何だろう」僕は訊くんだ。

「わからん。別の世界からのニュースだと思う」

僕たちは幸せな気分で、疲労からくる沈黙の中でテレビを見る。母は四角く切ったスイカに楊枝を刺して持ってきてくれ、僕ら三人はスイカを口に押し込んで、冷たいジュースを飲んだんだ。

「学校はどうだ」父は訊ねただろう。

「まあ、いいんじゃないかな」

「学校でのことを話してくれ」

僕は話して、そうしてまた沈黙が訪れるんだ。しばらくすると父は椅子に体をあずけ、目を閉じる。微笑んでいる。

「お前は……」

長い間がある。

「父さん？」

母が手の甲を自分の頰に当ててみせるんだ。寝ちゃってる。彼女は僕に囁くだろう。

そうして突然、「お前」と、父は自分の寝言で目を覚ますことになるだろう。

「何か言いかけてたよ」

「そうか?」彼は小さく笑うはずだ。「寝ぼけたらしい」

「父さん、訊いてもいい?」

「もちろん」

父に訊いておくべきだったことがある。もし父さんが失踪して、僕が探しに行かなけりゃならなくなったとしたら、父さんはどこにいるつもりかってことだ。どこへ探しに行けばいい? 僕は彼にそういうことやたくさんのこと、何もかもを訊いておかなきゃいけなかった。まだそうするチャンスがあるうちに。でも僕は結局訊かなかった。そうして彼は再び眠りの国に戻っていった。微笑みながら。夢も見ながら。そうあって欲しい。

7

マネージャーからメッセンジャーの着信がくる。

僕らの関係は極めて良好だ。彼の名はフィル。フィルは年期のいったマイクロソフト・ミドル・マネージャー3・0の一体だ。彼の受動‐能動特性は低く設定されている。誰が環境設定したのか知らないが、おかげでとても助かっている。

唯一の、まあそれほど大したことない問題点は、フィルが自分を本物の人間だと思っていることだ。スポーツの話を振ってきたり、派遣元の例のかわいい女の子のことでからかってきたりする。僕は毎度、彼女には会ったこともなければ見たこともないんだと、フィルに言い聞かせなければならない。

フィルのホログラムの頭部が膝の上に現れる。両手で首をあやすような格好になる。

よう。ちょっと様子を見にきちゃったよ。

どうも。こっちは全て順調。そっちは？

ユウもわかるだろ。変わらないよ。女房は飲みすぎだってまだうるさいよ。でもこれが僕流なんだよ。わかるよな。

フィルには奥さんとの間に二人の架空の子供がいる。奥さんは表計算プログラムで、素敵な女性だ。女性プログラム、かも知れない。彼女は毎年フィルの設定上の誕生日を知らせるメールをくれる。彼女は自分たち二人がソフトウェアだと自覚しているが、夫には決して告げようとしない。僕にも彼に知らせる勇気はない。

最近どうだい、フィル。

ああそうそう。僕らも一日中、男の話ってやつをやってるわけにはいかないよな。ははっ。コミュニケーション能力ってやつをぶちかましてやるよ。どうやればいいのか知らないけどね。ま、それはあれとして、こっちの記録によると、ユウのユニットはメンテナンスすることになってる。ユウ、知ってた？

うちの、達者に動いてるよ。

タミーがこのやりとりを聞きつけて、うーとかあーとか、なんか達者じゃなさそうなノイズを出しはじめる。僕は素早くミュートボタンを押す。タミーが僕を睨む。

わかってるさ、ユウ、そうだろうけどな。

問題ないだろ？　別に大丈夫だろ、フィル。

頼むよフィル。僕は彼のホログラムの髪を撫でる。頼むって。大丈夫だって言ってくれ。まあいいだろうって。

まあユウと僕は仲良しだけどさ。でも、あー、ユウ、そっちに行ってから随分経ってるだろ。だから僕にはユウのマシンがどうなってんだかわからない。だろ？

もちろん、僕にだってわからない。僕は時制オペレータと一緒にこの十年ほどをふらふらしてきた。こいつが壊れはじめているなら、修理に持っていかなけりゃならない羽目になる。このまま仕事を続けたいなら、どうやって直すかの方針を立てる必要がある。

わかったよ。まあ急かすなって、フィル。修理に出すって。他には？

よーし、わかってくれればいい。僕たちってイケてるよねマジで。ダチだろ？　ユウ、街に出てきたらビールの一杯くらいはやれるだろ。だろ？　ユウ、やっちゃいなよ。やろうぜ。やろうぜ。やろうぜ。やろうぜ。やろうぜ。

フィルはよく文章の途中でクラッシュする。遅かれ早かれアップデートされて、彼はフィルじゃなくなるだろう。うん、そりゃあまあ、こういう雑談がきれいさっぱりなくなったって、僕はやっていけると思う。でもきっと僕は彼を思い出し、さみしくなるに違いない。

8

仕事の電話だ。僕は座標を打ち込み、今はオークランドのチャイナタウンのアパートのキッチンにいる。二十世紀の、第三、四半期のいつかだ。牛テールのシチュー鍋がコンロの上で煮えており、部屋は濃厚で豊かなシチュー性を体現した雲で満たされている。湾から岸を越えてやってくる霧みたいだ。

僕はリビングへと歩み入り、僕より少し若いくらいの女性をみつける。多分、二十五か二十六ってところ。彼女は、何か妙な姿勢で静かに横たわっている年配の女性の上に屈みこんでいる。老婦人は両脚をソファから投げ出し、左手を床にだらりと垂らし、唇は制御を喪失したように薄く開いて、目は天井を見つめ、それとも天井の向こうを見つめているが、何が起こっているのかははっきりと理解している目つきをしている。

「彼女にはあなたが見えていないんですよ」僕は若い方の女性に言う。

「でもわたしには見えてるもの」彼女は言う。彼女は僕を見ようとしない。

「とも言い切れないですね。これは本当に起こったことじゃないから。彼女が亡くなったとき、あなたはその場にいなかったでしょ」

　今度は若い方の女性も僕を見た。怒ってる。

「お母さんですか」僕は訊ねる。

「祖母よ」彼女が答える。僕は、時から時へとタイムマシンの中でうだうだと自分の時間を過ごすうちに、他人の年齢を当てるのまで下手になっていたらしい。

　僕は頷いてみせる。僕たちは、彼女が何を受け入れるにせよ、何かを受け入れるまでの間、横たわる老女を眺め続ける。

　タミーが控えめにビープ音を鳴らし、時空の基盤網様体に走った亀裂をつくろうっていう、僕の本来の仕事をせっつく。放っておけばそれだけ傷は大きくなる。

「あなたを傷つけるつもりはないんですが」僕は言う。「僕が言いたいのは、実際にこれが起こった時に、あなたがそこにいなかった以上、今あなたがここにいることはできない、ってことです」

　彼女は僕を無視し、彼女の祖母から目を離そうとしなかったので、しばらくの間僕は、彼女に聞こえたのか、聞こえたけど意味がわからなかったのかがわからずにいる。でも彼女は僕に目を向ける。

「じゃあこれは何なの？　幻覚？　夢？」

「どちらかというと窓みたいなものですね」僕は応え、彼女は理解したように見える。「こういう風にタイムマシンを使うと、他の宇宙、隣の宇宙への小さな覗き穴をつくることになります。僕らの宇宙とほとんど同じものだけど、その別世界では、あなたは彼女の臨終に立ち会ったところが違っています。このリビングはまさに今、宇宙31と宇宙31Aの交点になっていて、あなたは空間と時間を曲げ、過去、って言っても偽の過去ですが、行けるものなら行きたかった過去を覗くために光を曲げているわけです。この覗き穴から過去を見ることはできますが、あなたは実際に彼女の横に立っているわけじゃない。あなたはあなた自身の宇宙、つまり僕たちの宇宙にいて、この光景からは無限に離れたところにいるんです」

彼女がこの事実を呑み込むまでにはちょっと時間がかかる。僕はサイドパネルを開き、すぐに故障箇所をみつけた。

「タウ調節器をいじりましたね」

彼女は悪いことをしたなって顔をする。

「御心配なく」僕は言う。「毎度おなじみのことですから」

彼女は僕たちの目の前の光景に向き直る。「学部の二年生のときだった。大学に行ったのもおばあちゃんのおかげだった」と彼女は言う。「おばあちゃんが電話をかけてきたときに、声でわかったはずだった。気づかなくちゃいけなかった。家に帰らなきゃって気づかなくちゃ駄目だった」

「あなたにも、自分の生活ってものがあるわけだから」

「家に帰ることもできたの。父が、もう長くはないかもって教えてくれたから。わたし、帰れたのに」

老婦人が目を閉じる。解きようのないもつれみたいなものが彼女の顔を横切る。そして落胆なのかも知れない閃きが走る。そうして力が抜けていき、彼女は最後の息をつく。独りきりで。隣室には手つかずのシチュー鍋。

僕は敬意が伝わる程度に静寂の時間を設けてからさっと修理を終え、キッチンに戻り、もう数分だけ彼女に二人だけの時間を残す。泣き声が聞こえる。そうして低い話し声。歌らしきもの。かつて女の子に向けて歌われたのだろう歌が、最後の時に臨んで歌い返される。シチューからは本当にいい匂いがする。彼女がキッチンに入ってきたとき僕は、もしシチューを食べたらパラドックスを引き起こすだろうかと考えている。

「ありがとう」と彼女は言う。

「ええもう、好きなだけ時間を使って下さい。まあ、いつまでもってわけにはいかないけど」

「わたしはここにいてはいけないんですね」

僕は首を縦に振ってみせる。「あんまり長い間ひどく曲げすぎると、覗き穴が確固とした穴になって、帰れなくなるかも知れない」

「もしかして、それがわたしの望んでいることなのかも」

「違います。信じて下さい。ここはあなたの家じゃない。何もかもが同じようで、家みたいに思えるでしょうが、違うんです。あなたはあそこにいなかったんです。あなたがそこにいたってことには絶対にならないんです」

タイムマシンに乗る典型的な顧客は「文字通り」、いつであろうと自分の行きたいいつかへ行く。最初に向かうところは大概どこだかおわかりだろうか。ちょっと考えてみて欲しい。考えるまでもなくその通り。人生で最も不幸だった日に、だ。

そうじゃなければ、単に変なものを見に行くだけってこともある。人生をわけのわからないものにしたいってわけだ。僕は自分自身の伯父になってしまった人をたくさん見てきた。回避するのは超簡単な、馬鹿げた仕業だ。ずっとそんなのばっかりだ。細部は省くが、そいつは明らかに、タイムマシンと、あなたが誰を知っているかと知っているかの問題だ。一般的に、渡航先での性交渉は、相手が自分の家族じゃないと確信できない限り避けるのが望ましい。僕は、自分自身の妹になってしまった男を知っている。

でもほとんどの人はそんな馬鹿はやらかさない。トラブルに巻き込まれたくないのもあるが、単に他にすることを思いつかないのだ。僕は常習犯をたくさん見てきた。自分を傷つけるのがやめられない人たちだ。馬鹿な気持ちを捨てられず、馬鹿な行為をやめられない。

僕は時間的閉曲線《CTC》の基礎についての訓練を受けたことがあるが、僕がそこで教わったのは、それがいかに、みんながもう失ってしまった人生に対する哀惜《あいせき》、人々の後悔や失敗と関係しているのかってことだった。

僕は自殺を防いだことがある。僕は人々が別れていくのを、結婚が破綻していくのを繰り返し、スローモーションで何度も何度も何度も見てきた。

僕はとっても多くの何もかもが悪化しうることを見てきたし、現代の時間旅行で起こりうる、多様でもう手のつけようなんてなさそうな事故を見てきた。この業界で長く働いていると、生きる糧とは何なのかがわかってくる。自意識だ。僕は自意識産業に従事している。

『SF的な宇宙で安全に暮らすっていうこと』より

望郷。その背後にある宇宙論的な現象について

微弱だが検出可能な、因果的には連絡のない二つの近傍宇宙間の相互作用。

この力が、人類における、自分の住む宇宙にとてつもなくよく似ているが、一度も行ったことのない場所を懐かしく思う気持ち、もしくは、決して知り合うことのない、決して知り合うことのできない別バージョンの自分自身を切望する想いに対応することは自《おの》ずから明らかである。

9

たまに、父と僕とが家で、彼の研究の概略に取り組みはじめた頃のことを考える。メモ帳に思いつきを書きつけ、気の向くままに線やベクトルを描き、やっつけの不等式を記し、一体何が可能なのかがわかってきた頃のことを。そうしてその頃には既に、父は自分が失踪することになると知っていたんじゃないかって。父は失踪しようとしているみたいだったし、こいつが何をもたらすのかを知っていたみたいだった。タイムマシンが、だ。彼はタイムマシンを哀しみをどうにかするために使おうとした。彼自身の、彼の父親の、そのまた父たちの哀しみの源を調べ尽くすために。究極の起源にまで遡り、自らの生み出したきつい曲率に囚われて残りの宇宙から切り離されてしまっている、黒く輝く物体にまで遡ることによって。

僕たちが使っていた方眼用紙は、薄緑色で一センチ角の格子が描かれたやつだったと思う。父は一冊百枚の五冊セットのパックを使っていた。開けるときには、会社のロゴのついたレターオープナーを使っていた。机の上の真鍮《しんちゅう》製の箱からケースを取り出し、オープナーを引っ張り出す（僕はいまだに、オープナーがしまってあった、あの素敵な金色の筆記体で「エグゼクティブ・デスクセット」と書かれていた黒い箱を思い出せる。最初の頃は、その文字がいかに、約束された来たるべき未来のように、父の希望と野心に対する貴重な承認のように思えたことか。僕はまた、埃が箱の上に積もっていく様子も思い出せる。まるで失望が具現化していくみたいに、埃の層が一年一年厚くなっていった様子を。僕はどれほど彼の仕事中に部屋に忍び込み、箱を捨てるか、目の届かないところへ隠したいと思ったことか。そうすればあの文字は机の上から消えてなくなり、父が毎日対面することもなくなる。エグゼクティブ。心ない言葉だ。それは父が勤めあげた無価値な十年間に会社が送った、心ないプレゼントだった)。

父はセロファンをいじりまわし、ほんのちょっと、やっと指で透明な包装を摘まめるくらいの穴をあけ、微細構造が引き裂かれるときに特徴的なかすかな音を立てて開封した。

「ああ」と言って彼は半ば微笑み、その音を楽しんでいた。丸めたセロファンを僕に手渡し、僕はそれを手の中でつぶし、音を立てながら元に戻ろうとするのに耳を澄まし、もっと固くつぶし直して灰色をした金網製のゴミ箱に投げ入れた。セロファンは、ゴミ箱から崩れそうになって溢れている請求書やクレジットカードの売り込み用の返信封筒の山の上に落ちた。今にも雪崩《なだ》れを起こしそうな借金とツケでできた不安定な山。

「世界を選べ。どれでもいいぞ」父はそう言うのが好きだった。世界とは積み重ねられた平面なのだ。記述されるのを待っているN次元時空。僕は五冊の束から一つを選び、父は残りをキャビネットにしまった。マス目の正方形は上から下まで左右の端まで満ちており、それは魅惑的でプラトン的で直角的で正しい眺めだった。もしそこに、両端だとか上下の余白かなんか、このデカルト座標系を乱すようなものがあったりしたら、方眼紙の持つ何かが失われてしまい、その調和的で普遍的で空想的な空間は崩壊してしまっていたはずだ。

方眼紙の綴じられている上部の辺は赤い粘着性の帯になっていて、父は時々、一番上の一枚をはぎとって使い、そうすると僕たちはその下の二枚か三枚か四枚（どのくらい強くペンなり鉛筆なりに力を入れるかによる）の紙に跡を残すことなく作業ができた。方眼紙をはがす音はセロハンを破る音にどこか似ていて、でもとても色んな観点からして全然異なる重くこすれるような深みのある音を立てた。でも父は滅多に方眼紙をはがして使うことはなく、そのほとんどはくっついたまま残されていた。

「見ていろ」彼は言った。「インクがどう染みていくかを」。父は、厚い方眼紙の束にペンを立て、眺めているのが好きだった。インクが紙束に染みていき、ペンと紙との接点がやわらかくなっていくのを見ているのが好きだった。それは、任意の点同士が接触を持つまでの時間を示していた。紙の繊維に吸い出され、毛細管現象によってペンからはインクが染み出、さらなるインクがインクの均一性をもたらし、厚みが生まれ、線を、記号をなす線を、堅固な線をもたらす。その百枚の紙束、偶数であり、十の自乗であり、区切りのいい数でもある百枚の紙束の一番上から下九十九枚は、まっさらな平面のかたまりであり、まさに時空を表していた。そこには、およそ描くことの可能な図、グラフ、曲線、関係性の全てがあり、答え、問い、神秘の全てがあり、その空間で、その紙の上で、そのマス目の中で解かれうる問題の全てがあった。

父が「今日はミンコフスキー空間の旅だ」と言って、既知世界の上で軽く手を動かすと、それまでは空っぽだった世界が、方向と距離と目には見えない力を備えた場所に変わる。

「質点を一つ仮定しよう」彼はベクトルと一緒に真理を描きながら言った。「双子の一人が相方から離れ、光の速度で遠ざかっていく。まあ故郷を恋しがる孤独な宇宙飛行士でもいい」

僕は父の方眼紙の使い方を愛していた。紙全体が空間だ。隅に注意書きを残すとき、軸に名前をふるとき、左下の象限にグラフの線の凡例を書きとめるとき。中でも一番好きなのは、x‐y面に曲線を描き、その曲線を表す方程式、f(x)イコール二分の一エックス三乗プラス四エックス自乗プラス九エックスプラス五を、左上の象限の上に書くときだ。それはデカルト平面の第二象限に浮かぶことになる。その方程式は科学的に存在していて、SF的に存在していて、SF的な方程式の領域に存在している。僕は父が字を書くところを見るのも好きだった。何千時間を何千回と費やして問題にあたる間に研ぎ澄まされてきたに違いない、均整のとれた筆跡。学校にいた間も放課後も余暇の時間も仕事の間も仕事のあとのブレインストーミングの間も、そうして今は僕と、彼の息子で生徒で、やがて研究助手となるだろう僕と共にいる間も磨かれてきたに違いない筆跡。筆圧は均一で、線は真っ直ぐ、大きさも揃い、綺麗に列をなしていた。漫画のフキダシの中の文字みたいに。僕は父の文字の配置が好きだった。間隔が熟慮された、しかしあまりに整然と機械的に展開していかないように、芸術的に奔放にならないように配慮された、それぞれのマスに一つずつ収まっているわけでもない文字たち。文字たちは囚人のようだった。しっかりと閉じ込められているがしかしなお、単語や文字は横線をガイドラインにして上下に踊り、文字と図形、空間と空間についてのコメントの区別をつけるための説明も、アンダーラインも、箱で囲むこともされていなかった。言葉はまさにそこにあり、曲線の傍らに、y軸の横に、グラフに沿って平面を漂っており、この空間、プラトン的なこの領域では、曲線も方程式も軸もアイディアもみな共存し、存在論的に等価であって、概念的な住人として民主的に扱われ、どれかのクラスが他に優越することはなく、具体的物質と抽象概念は混ざることも解体されることもなく、何も混じりあってしまうことはない。言葉は実質的に、境界内の全ての世界、有用で利用可能で存在可能な全世界、不壊の空間の一部をなしている。そこでは全てのことが記述可能で、思考可能で、可解で、理解可能で、あらゆるものが繋がりうるし、プロットされ、解析され、固定され、変換され、そうして全てのものが平等化され、分割され、孤立化され、理解されうる。

手持ちの時計によれば、僕はここにずっとまあだいたいほとんど十年ほどいる。左手首の皮膚のすぐ下に埋め込まれた準皮質体内時計チップによれば、九年九か月と二十九日だ。それだけの時間が僕を、僕の体を僕の頭を通りすぎていった。今まで何回呼吸をしたのか、目を閉じては開いたか、ここで何度昼食をとったか、どれだけの思い出をつくってきたか、大体のところを計算することだってできるだろう。

歳月は僕を三十歳にしたようだ。そろそろ三十一くらいのところか。

どうも、誰とも口を利かないまま年月がすぎていく。タイムマシン修理工はあまり他人とのかかわりを持たないものだが。僕が何か素敵なものと夜を過ごしたのはもう何年も前になる。ちなみにそいつは人ではない。人っぽいものだ。シャツを脱いでも充分に魅力的なくらいには人間に近かった。僕らは何度かデートをしてはぶらぶらしたが、ついに彼女の解剖学的構造を解き明かすことは叶わなかった。もしかして裏表が逆だったからかも知れない。気まずい時も何度かあった。でも彼女も楽しんでいたと思う。僕は楽しかった。彼女はキスが上手かった。あれが彼女の口だったことを祈りたい。せめて口腔に準ずる器官くらいではあって欲しい。

僕たちは結局上手くいかなかった。彼女が愛に関係する脳内物質を持っていたとは思えない。それとも、愛がらみの脳内物質を持っていないのは僕の方なのかも知れない。

最近は、セックスボットとさえも御無沙汰だ。

十三の頃は誰でも、カネでロボットとセックスできる世界にいるっていうのはどういうことかで頭がいっぱいになっているものだ。だって、一ドルしかかからないのだ。唯一の障害は二十五セントコインをちゃんと四枚用意できるかだけなのだ。

で、いざ大人になってみると、ほんとにそういう世界にいるんだなってことが実感できる。コイン式セックスボットのいる世界にだ。実際には想像したほど素敵な世界なんかじゃない。理由の一つは、別にそれによって、完全な真空中の永遠の暗闇における孤独が多少とも和らぐわけでもないからで、別の理由は、そうだな、ええと、ぞっとしないからだ。友達もご近所さんも家族もみんな、君がそのブースで何をしてるか知っている。自分たちもそうしてるからだ。セックスボットの技術が第一世代から実質的にほとんど進歩していないっていう事情もある。でも誰も気にしていない。だって一ドルなんだから、不平を言うのは贅沢っていうものだ。

こんな風に生きていると、一年というものが意味を持たなくなっていき、ひと月や一週間も同様に意味を生まなくなっていく。日付は、窓から外れたガラスか、トレイから流しに落ちた氷みたいに日々から零《こぼ》れ落ちてしまい、みんなおんなじような、日付もなく名もなく持続するぼんやりとしたものになり、弁別不能な水たまりへと一体化する。今日は土曜、金曜、月曜？　四月の十三日だっけ、十一月の二日だっけ。こんな風に暮らしていると、日々を仕分けする箱なんて要らなくなるし、ちっちゃな二十四時間サイズの箱に、何かの指標になるような出来事の集まりを入れておくなんてことはできなくなる。分類できる何かとか、初めや終わりがあるものだとか、to-doリストを満たすようなものだとか。こんな風にやっていくっていうことは、何もかもが一緒くたに起こるっていうことだ。父と一緒の冷たく輝く十二月の朝、あるいは八月の終わりの気だるい夕べ、ありえないほど遅い日没、そこでは太陽が沈むのを拒み、時間はもう、それ以前の時間から完全に切り離さなきゃ、それ以上引き延ばすことができない点まで引き絞られているみたいに思える。キャラメルのように、海中で新しい島を形成中の溶岩の流れのように、海底から引きはがされ、表面へと浮かび上がってくる時間の断片みたいに。

ここは快適っていうほどでもない。でも、快適というわけでもないわけでもない。中立だ。快‐不快線上のゼロ点にして支点だ。右に伸びる正快値の半無限直線と、左に伸びる負不快値の半無限直線の間に厳密に位置する座標点だ。ここで暮らすっていうことは、原点で、起源で、ゼロで暮らすっていうことだ。存在でも不在でもなく、自己性と生物性の否定からなる、任意に小さなイプシロン‐デルタ極限。あなたの全生涯をゼロで過ごすことはできるだろうか？　全人生を快と不快のちょうど真ん中の地点で送るってことは？　このタイムマシンの中でならできる。父がそう設計したからだ。何故かって訊かれても困る。その答えを知ってるなら、他の諸々全てのこともわかりそうなものだ。父はどうして失踪したかとか、どこにいるかとか、何をしてるかとか、いつ帰ってくるのかとか、果たして帰ってくる気はあるのかとか。

父はもうずっとどこにいっているんだろう。原点こそが今彼のいる場所なのではないかと思う。

もう父を恋しく思うことはない。まあ、ほとんどの時間はってこと。恋しく感じたい。もしできるなら。でも残念ながら、あの説は正しい。時は全てを癒すってやつ。時はあなたの許可もなしにそうするだろうし、それをどうこうできる者などいない。あなたがうっかりしている間に、時はあなたを傷つけたもの全てを運び去り、失ったもの全てを運び去り、痕跡を知恵に置き換えるだろう。時間は装置だ。痛みを経験に変換し、生データはコンパイルされてより理解しやすい言葉に翻訳されていく。あなたの人生における個人的な出来事は記憶と呼ばれる別の物質に変換され、その変換過程では何かが失われることになり、あなたは決して、それを復元することができなくなる。あなたは決して、オリジナルの瞬間をそれがまだカテゴライズされていない未処理の状態として取り戻すことはできないだろう。その過程はあなたに先へ進むことだけを強制することになり、この件についての選択権があなたに与えられることはないだろう。

10

　フィルは正しかった。僕はメンテナンス予定を超過していた。時制オペレータが目茶目茶にいかれている。

　タミーによれば僕たちには本社に帰還するだけのパワーさえ残されていなかった。エドは自分を痛めつけようとでもしているみたいに、狂ったように自分の腹を舐めている。彼が落ち着かないときにする行動だ。エドは僕に「人間だろ、なんとかしろよ」って目を向ける。

「わたしのせいでしょうか」タミーが言う。彼女はいっつも全部自分が悪いのだと考える。

「いや、僕のせいだ」

「あなたが悪いというのは、わたしのせいですよね」

「何を言いたいのかわからないけど、まあそうかもな。そういうことにしたいんなら」

「ありがとうございます」タミーは言う。嬉しそうだ。

　ほんとのところ、僕は時制の隙間で暮らし続けることによって時制オペレータを壊したのだ。時間を移動するにあたってとってきた、隙間狙いのごまかし行為によって壊したのだ。タイムマシンのギアを途中にしておき、中途半端に暮らしていることは可能だ。現在と現在ではないいつかの間でホバリングしてふわふわ浮いていることで、特定の瞬間にピン止めされてしまうのを避けることができるのだし、実際にどこかにっていうか、より正確にはいつかの時にいることなく人生を送ることができるのだ。それがP‐Iの簡易モードで実現されているものだ。

でも僕はそれを乱用しすぎた。そんなものが継時上文法的航行における通常の航法として利用されるのは想定外だったわけだ。そういう用途向けには設計されていないのだ。現在‐不定形は本物のギアでさえない。航行制御の便宜上の存在なのだ。ガジェットでギミックで松葉杖みたいなもので、手すりみたいなものだと言っていい。理論屋からもエンジニアからも等しく嫌われている存在だ。美学上も、デザイン的にも燃料効率的にもひどい。マシンにも悪い。P‐Iで航行するっていうのは、真っ直ぐに進むのを拒んでわざわざ燃料を無駄にするようなものだ。それが僕に、非継時上的な暮らしをもたらし、記憶を抑圧し未来を無視して全てを現在として眺めることを可能にしているものだ。僕は駄目なパイロットで、駄目な乗客で、駄目な社員だった。駄目な息子な上にこのざまだ。

エドが溜息をつく。犬の溜息は、何かの形をとった真理だ。彼に何がわかる？　犬に何がわかる？　エドは僕についての真理を知っているかのように、それでも僕を愛してくれているかのように溜息をつく。

僕はタミーに彼女の希望的観測の設定値を聞く。彼女はとても低いと答える。僕はつまみをもう一段、普通の低さに設定してから再計算するように頼む。

「今度の結果はどうだ」

「本社まではなんとか。でもかなりきわどいです。本機は、八十九パーセントの確率で大破して滅茶苦茶になるでしょう」

君ならやれると僕は言う。信じてるからだと言う。僕は彼女を信じているから真面目にそう言う。

「できるって」僕は言う。

「いえ、できません。できません。できません。できません」彼女は言う。「できないんです」

そうして静かに自分へ向けて「できないわよね？」

計算通り、タミーは僕らを連れてきてくれた。

宇宙の中心に着陸するのは、こんな小さな宇宙であっても、決して慣れることができない行為だ。夜明けにラガーディア空港に着陸しようとするようなものだ。たまたまそういう名前なわけではなく、マイナー宇宙31の首都における都市部の三分の一ちょいは、ニューヨークを元に造られている。

タイムマシンがアプローチに入って傾き、きりもみ態勢に入り、都市を覗き込む格好になる。一分か二分の間、僕のスケール感は研ぎ澄まされ、畏れと意気込みのちょうど良い均衡が訪れ、ある種の飛行士魂が宿る。展望。空間についてのものだけではない。こいつは時間的な展望でもある。滑空し、空と陸の境目に溶け込む代わりに、僕たちは現在に滑り込む。そうして僕はいつも、光の質の違いに目を奪われる。光がどうやって僕の目に届きはじめ、僕を取り巻き、輝きを増すか。相対論的速度から減速してきた僕らにその光がどう映るのか。

時間回廊に飛び込むと、この場における現在や未来全体のテクスチャがギザギザの境界をなしているのが見え、そのレイアウト全体の高所や低所が一望できる。混在した様式と線や平面の集積。人々はみんなとても小さく、時間と空間の中できちんと仕分けられている。動きは経路となって見える。高層建築の中の人々、造り物の植木が飾られエレベータが上下し机の並ぶオフィスビルの中で机の周りをうろつく人々。日がな動き回る価値のある一日、全てが一瞬のような一日、無駄なわけでも月並みなわけでもなく、でも一日と呼ぶしかない一日。

多かれ少なかれ自分でそう思っている以上に、誰もが自分の速度のコントロールを失っている。

こんな風に暮らし続ける全ての人々は、自分のパターンにはまって動き、そうしても僕もそんな一人だ。自分のパターンの枠にはまっていて、ひょっとすると誰よりも定型的なのかも知れないのだが、今は、この瞬間は、自分がどんなものなのかがわかる。

静止物体に対してさえ、それらがどう動かされ回され切られ曲げられているか、どうやって少しずつすり減るのか、一日のお定まりの中で消耗するのか、時間をかけて平均化されていくかがわかる。

着陸時、僕は一人の男に目をとめる。知らないやつだ。その人物が気になったのは僕に似ていたからかも知れない。似たような背丈、体つき、年頃。でも僕とは違ってスーツを着ていて、仕事帰りの家族持ちって感じに見える。僕は一日を終えた彼を見ることができる。でも同時に、今朝起きた彼を見ることもできる。そうしてその間に何が起こるのかも。彼が今日は何が起こるか期待してどんな風に一日をはじめるのかを、どんな風になんにも起こらないかを、どんな風に彼がまだそんなことも知らないか、どんな風にして知ることになるのかを見ることができる。僕は一日の中にいる彼を見ることができ、彼の中の一日を見ることができる。彼は時間でできているみたいに、すくなくとも彼の人生は時間で作られているかのように、あまり時間の中を移動しない。どういうことかというと、僕はそんな光景を、映画の一コマのようにではなく、ぱらぱら漫画の一コマでもなく、一冊のぱらぱら漫画全体そのものとして眺めている。

『SF的な宇宙で安全に暮らすっていうこと』より

首都

宇宙31における非ロボット人口の87%は首都に居住する。首都の法的に有効な名称は(地図上に印刷されているという理由により、非居住者のみに利用される)、正式には以下となる。

ニュー・アンゼルス/ロスト・トウキョウ-2

この名称は政府の公式文書ではNA/LT-2と省略され、頻繁にではないが、非公式にロスト・シティやヴァース・シティ、またはニュー・トウキョウと呼ばれることがある。しかし観光客と役人をのぞいては、実質的にはループ・シティとして知られている。

ループ・シティは二段階にわけて形成された。第一段階:ニューヨークとロサンゼルス、二四六二マイル離れたこの二つの都市は、住民と不動産保有者と市職員と駐車場オーナーと東半分から来た西側居住者と、西半分から来た東側居住者に驚きと狼狽《ろうばい》をもたらしたことに、互いにゆっくりと不可視的に非可逆的にマージされた。その過程でその間に存在したものを呑み込み、かつてアメリカであったものを包括した一つの巨大都市が現れた。アラスカとハワイも同様に呑み込まれた。

第二段階はそれから間もなく、拡大都市グレーター・トウキョウが時空断層に沿って自発的分岐を開始したときにはじまった。分岐した一方のトウキョウは地球を横断し、できたてのニューヨークとロサンゼルスのキメラをとりまいた。この半分がロスト・トウキョウ－2と呼ばれる。

もう一方のトウキョウ－1は未だその位置を確定されていないが、この宇宙のどこかには存在すると考えられている。人口八千五百万人の超巨大半都市、砕かれ、半分に割れ、引き裂かれ、整然とではなく引き千切られる形でズタズタのボロボロとなった都市では、リビングルーム、計画、会議、日付、監獄の夫婦面会席、家族団欒《だんらん》の食卓、耳にささやかれた秘密、手を握り合ったカップルなどが警告も説明もなしに一瞬にして引き離された。取り残されたさ迷える半身たちは、世界の向こう側からたまさかの隣人たちへと日本語で話しかけ、何が起こったのか理解できずにいることを、もし物事が昔のように戻ることができるのなら、別の半分がいつかその方法をみつけてくれるかも知れないと伝えてくる。

11

中央港《ハブ》が混んでいるので、サブスペースの交通管制は僕らを待機路へと押しやる。このXPOループの中で生体時間にしてほぼ二時間を過ごすわけだ。空いたチャンネルへの進入許可が出るまでに、僕は腹をすかして疲れ切っている。管制は、時間への再突入チャンネルが開くのは早くても深夜直前になるという。はじめ、僕はこう考えた。「そりゃいいや。今日の夕食は、しけた二十四時間営業のデリか、72番通りとブロードウェイの角のツーバックスのホットドッグで決定ってわけだ」でもこう思い直した。「えーと、でもほんとのところ、あのホットドッグは嫌いじゃない」

着陸後に、僕たちは時間収納庫から修理工場へ向かう。エドと僕はTM‐31から這い出し、格納庫《ハンガー》157の洞窟みたいな空間に足を踏み入れる。

修理ボット――修理工のパーソナリティがプログラムされている――はTM‐31に一瞥を投げ、僕へと眉を上げてみせる。

「なんだいそれ」僕は言う。「やめてもらえないかな」

「それって？」

「いや、その眉毛。じゃなくてさ、それ眉毛じゃないんだからさ」

「ちょっと気にしすぎじゃないですかね」

認めるのは悔しいが、彼は正しい。僕は自機のことで神経質になっている。継時上物語的多岐管の摩耗具合からは、持ち主についてたくさんのことがわかる。まあ実際は二酸化クロムに刻み込まれた不安の痕跡や人柄の傾きや思考パターンの残骸にすぎないけど。

明日また来てくれと言われる。何時にかと聞き返す。午前中にと言われる。

「もうちょっとちゃんと決めてくれ。つまり、君はロボットなわけだ。頭の中にはマイクロソフト・アウトルック、ナナジュウサンテンゼロだって入ってる」

「いいでしょう」彼は言う。目をぐるぐる回して計算し、ビープ音が鳴り、計算が終わる。

「十一時四十七分。あなたのマシンは明日の十一時四十七分きっかりに修理が終わります。遅れないで下さいね」

地下鉄では、隣の男がニュース・クラウドに頭を突っ込んでいる。「パラドックスは16パーセント増加しました」もう数インチ寄りかかれば、ニュースの中身を聞けるだろう。「第四、四半期は前年度比で16パーセントの増加でした」みんなが自分の祖父を殺そうとするのをやめるだけでも、こういう事態を収拾することができるかも知れない。過去なんてものは変えられないのに、僕たちは始終、物事をごちゃごちゃにしてしまう。

男は駅に到着し、ニュース・クラウドを残したままで降りていく。僕はクラウドが崩壊していくのを眺めるのが好きだ。情報の小さな炎が尾を引く火花のように、タイプライターのキーを叩く音と風鈴の音を混ぜたような音と共に消えていき、モノクローム・グリーンの小さな雲へと変じ、断片とイメージと単語の霧と化していく。ニュースの多い日なんかは、都市中がこんな雲で溢れかえる。まるで五千万部の新聞に息が吹き込まれ、生命を謳歌し、分解していく光とノイズでできた海へと消えていくみたいに見える。

駅の階段を上り、街の中心、この宇宙の真ん中に出ると、ほんの一瞬にせよ、自分が通常のサイエンス・フィクションの法則が適用されない場所に足を踏み入れてしまったと錯覚しても不思議ではない。あなたはそこに立ち、歩き、立ち止まり、様々に色を変えるネオンに光るプラットフォームを次々に渡っていくことになる。どのプラットフォームも商標登録されている色彩に溢れ、権利保護された企業ロゴに全面を包まれている。

あなたはフルレンダリングされる没入環境を提供するビデオゲームの冒頭部に立つキャラクターだ。世界はあなたの眼前に、連続的なクエストや、周期的に配置された危険でいっぱいの果てなきスクロール領域を展開する。

今宵、僕は無力だ。この街の一晩は僕には大きすぎるように思える。過剰にすぎて、さ迷い込むことさえできない。今は一時をすぎたところで、一日を終えた街は宴もたけなわで、朝はまだまだ先にある。夜明けまでの間には、あらゆることが起こりうる。そうしてここで、あの感覚が戻ってくる。脚から伝わる冷気が後頭部を刺し、腕に降りていくようにして。僕は忘れてしまっていたのだ。これが、時間の中で生きる気分だ。よろめき進み、崖を蹴って暗闇へ跳び、そうして不意に着地する。驚き、混乱しているうちに次の瞬間にはもうこれら全てが繰り返されているという感覚。何度も何度も繰り返し、刹那の裡に落下して、プロセスを繰り返すためだけに這い上がるという感覚。僕はこの、ざわめき、もやがかかったような視界のことをほとんど忘れかけていた。潜望鏡越しにしか見えない自意識、僕自身の人生を形作る動摩擦や静摩擦、人生を消尽すること。僕は現在を生きる危険と喜びをほとんど忘れ去っていた。渾沌《こんとん》に満ち、前途も知れず、過剰に生産されたステージシーンが自己集散し、各瞬間自体が分解し、時間の集合はバラバラになり、時間の中の各瞬間は、集まってきたときと同じように、散り去っていく。

僕はその場にしばらく、震えて、打ちのめされて、硬直して、ぼうっと突っ立っている。足元を見下ろし、エドがちょっと寒そうにしているのに気づくまではだ。僕は屋台の兄ちゃんからホットチョコレートを買い、ホットドッグを二つ、一つにはケチャップをつけてもらって、もう一方はそのままにしてもらう。エドと僕は全てを分け合う。公平に分けるはずだったが、もしかしてエドは自分の分よりちょっと多く食べているんじゃないかと思う。

エドがメソン－ボソン・ショーを気にするので、僕らは通りを横切って、劇場の外で立ち止まり、ビッグバンのリプレイをしばし眺める。クライマックスでは箱が開けられ、この宇宙に存在する全ての色が溢れ出てくる。屈折し反射し、ウィンドウ・ディスプレイの中をあちこち跳ねまわる。エドは興奮して何度か鋭い鳴き声を上げ、通行人が何事かと歩みを緩める。でもたいていの人はこのショーを前にも観たことがある。

僕たちは、老人と何かの種類の天才乳児が一緒になって四手用楽器で十一次元音楽を演奏している向かいの角を目指して通りを渡る。頭上の大気はスモッグ状の瘴気を形成している。その大半はニュースとデマからなる揮発性の霧で、ガス状のゴシップや、膨らみ続けるミームや、そうしてお定まりのその場限りの祈りの霧が混ぜ合わされた代物だ。角に立つ男たちは上の階での秘密のショーについて囁いている。

僕は天才乳児の帽子にコインを数枚放ってやり、記憶やなんかを売りつけようとしてくるボットの群れをよけながら街区を進む。デジタル終末時計が、世界は予定通りに来週終わると言っている。ディラック協会は自前のビルボードを保有しており、二十階建てのその計算機で宇宙の累積エラーの総計を提示している。エドと僕はしばらくの間、その数字が増えていくのを見守る。

エドが満足したようなので、僕たちはアップタウンに借りている部屋へ歩いて戻る。アパートではない。部屋だ。僕と私物が収まるだけの寒々しい小さな箱だ。マットレスと歯ブラシとちっちゃなソファとほとんど映らないテレビしかない。大事なものは何も持ってきていない。実時間の世界で何かをしたって永続するわけでもないし意味がない。そう長くいることもないのだし。

フロントのカウンターにいる男から鍵をもらう。彼の静的な、非タイムトラベル的視点からすれば、彼はほとんど毎日僕を見かけており、そのたびごとに、僕が一年か二年、五年か九年、歳をとったように見えている。僕はこの部屋を就職したときに借りた。僕の生物時間で十年前のことになる。彼にとっては、先週の水曜日のことになる。彼の視点から計算すれば、僕の全生涯は多分一か月ほどの賃貸期間になるだろう。

僕はクローゼットからちくちくうるさい毛布をみつけ、上下に振って埃を落とし、ソファに敷く。エド用だ。廊下をおり、共用の流しで皿に水を張る。エドは物理的存在でも何でもないので、実際にはそんなものは必要としていないわけだけれど、それでもエドは喜んでくれる。もし僕がうちの犬みたいな半分きりの存在なのだとしたら、ほんとの僕は、今の僕の倍の人間なのかも知れない。

『SF的な宇宙で安全に暮らすっていうこと』より

企業所有権について

当初の所有者がマイナー宇宙31の現実的な運用を諦めてから、その所有者は転々とし、新しい管理会社に拾われるまで、しばらくは試練の期間が訪れた。

結局、グーグルの一部門であるタイム・ワーナー・タイム社が31世界の権利を獲得し、ミドルクラスからアッパーミドルクラスの資産と収入のフローを対象としたヴィジョンを構築し、ブランド企業の市場調査用のショッピングセンターや、モノレールやギフトショップを揃えたメイン・アトラクションである先鋭的な新型の四次元テーマパークを整備した。

過渡期においては、特にメジャー宇宙を運営するような管理会社が、31宇宙を傷物の在庫のための事実上の倉庫として利用していた。そこには、実験動物や宇宙ステーション、荒廃したもしくは荒廃しかかっている単一目的の惑星、ジャンルシステム生産装置そのものさえが含まれていた。

また別の管理会社は、未だ賛否両論のある、しかし急速に一般化しつつある、仮定発掘や空想養殖として知られる手法の試験場として31世界を利用した。

不完全な概念構造しか持たず、ワイヤーフレーム構造が剝き出しの領域を備え、ストーリーライン幾何学の意味での複雑性に欠け、ヒーロー不足にある31世界のような場所は、管理企業にとって新しいアイディアをテストするのに理想的な環境を提供し、一般的に消耗品と見なされるこの空間内の自尊心の低い人類資源に発生しうる事態を顧慮することなく、存分に実験を行うことを許容した。

12

昔々、僕は十歳で、父が公園まで迎えにくる。

自家用車で通りを浮かび過ぎていく。赤褐色のフォードLTDステーションワゴンだ。窓は埃の層に覆われていて、緩んだサスペンションのおかげで、車というより通りを下るおんぼろの小舟といった塩梅《あんばい》だ。僕は疲れて汗だくで、オレンジ味のアイスを半分ほど食べたところだ。

僕は前部座席で父の隣に座っている。父はいつもの、土曜日だって脱ごうとしないあんまり着心地が良さそうには見えない青灰色のスラックスに身を包み、僕はサッカー用のハーフパンツをはいている。太陽が僕の頭に照りつけ、髪まで熱くなるくらいに暑い。ビニールのシートが脚に貼りついていて、僕はオレンジ味の砂糖水が僕のか細い前腕へと伝ってこないように気をつけながら、窓の外へ目を細める。

僕はこの日を思い出す。何が起きるか知っている。僕はまだ何が起こるか知らないような気がしている。

「学校のやつらが父さんのこと言ってた」僕はそう口を開く。

「私のことを？　何てだ？」

「父さんは、ええと」

「変人、か？」

「いかれてるってさ」

　僕はほんとにそう言う。そう言ったことを思い出す。そう言っている最中にもう後悔していたことを覚えている。今でもまだ後悔している。後悔は先に立たない。必ずあとからやってくる。

　父は路面から目を離さない。僕には彼が怒っているのかわからない。彼は何も言おうとしない。僕は父を怒らせてしまったんじゃないかと怖くなる。十歳児相応の覚束《おぼつか》ないものではあるが、危険を察知する感覚はある。火線上に、父と僕の間に横たわる未発見の境界線に踏みこんだんじゃないかと感じる息子としての本能だ。そうして何故か、僕は先に進もうとする。傷つけようとしたわけじゃない。その一線を越えようとしたのは、それまでの短い人生の中ではじめて、父がそこにいるような気がしたからだ。車の中に僕といて、話をきいてくれている。はじめて、そこらの少年やただの息子に対するのとは違う興味を向けてくれたような気がしたからだ。一人の人間として、将来大人の男になる相手として、世間に踏み出し、世界を構成する部品を持ち帰ってくるようになった何者かとして。その部品は僕がいつまでも彼の教え子ではないことを思い起こさせ、僕たちの家族がいかにちっぽけなものかを彼に想起させるものなのかも知れない。

　僕はあいつらの言ってたことはほんとなのかと訊ねる。

父は、何て言ってたんだと訊ねる。

「ほんとに、過去への移動は可能だって信じてるの？」

今度こそ父は怒る寸前だ。父が怒ることはあまりないが、これは怒る。よろしくない。僕は彼が怒っていると確信する。間違いない。僕は、ここで車のドアを開けて飛び降りたら、どのくらい痛いだろうかと考えている。でも彼は笑っただけで、アクセルから足を離し、一般車線に移った。「今こうしている間も時間移動をしてるんだぞ」彼は言う。追い越していく車の警笛にドップラーシフトがかかる。そうして彼は完全に車道を離れ、レンタルビデオ屋が並ぶ駐車場に車を停め、エンジンを切る。僕は、父がなにやら彼の主張を詳しく説明するためにこうした行動に出たんだろうと考えている。こうして完全に静止している今でさえも、僕らは時間の中を移動しているんだと説明しようとしているんだろうと思う。数学の宿題をきちんとやっていれば理解できているはずの内容を講義されるのだろうと考えている。でもその代わり、父は僕を振り返り、僕へと向けて語りはじめる。すごく真面目に。彼が温めてきたアイディアを、秘密の計画を、「発明」を。

僕の父は発明家だ。この日の午後まで、僕は一度も父のことをそういう風に考えたことがなかった。僕はどこかでちょっと、自分が成長し、世界は自分が思うよりも大きいのではと思うようになっていたけれど、父にも僕が考えもしなかった側面があったわけだ。僕は父を大人だと、勤め人だと、うん、父親なのだと思っていた。夢や閃きなんて持たない人物だと。父には野望があった。これまで決して僕と分かち合おうとしなかった野望だ。なぜ野望を僕と共有しようとしたのかというと、僕が十歳になっていたからで、でも、父は母とはそれを共有しようとはしなかったのだ。いや、他の誰とも。彼は野望を裡に秘め、書斎に秘め、箱に秘め、彼自身に秘めていた。

父は元はと言えば、とある遠くの国からやってきた。現実の一部をなしている海の中の小さな島で、この惑星の別の地域、その上別の時間にあるところだ。人々はまだ水牛を飼い、お話は人生みたいに真っ直ぐ時間順に続くと信じていて、たくさんの魔法が現実の中に、八月の蒸し暑さと蚊の群れと太陽と誕生の中に残っていて、家族というもの自体の奇妙さにも魔法と恐怖が織り込まれていて、タイムトラベル装置なんてものは不必要なだけではなく、世界を毀損《きそん》するもので、見えない力の網目からなる世界のつくりを一変させてしまうことになるものなのだ。一日を運用する技術はもう充分にあり、日の出や日の入りを運用する技術、週の仕事と休日はサイクル化されてリズムを成し、十六時間の米作りから残された一日の余暇は食事と睡眠にあてられる。季節が年月が過ぎていき、全てが完璧な機械として働く。

彼が自分の発明を僕に説明してくれたとき、僕は父を真っ直ぐ見ているのは厳しいことに気がついた。まずちょっと声が大きすぎて、普段の父を知っている者にとっては、それだけでも不安な要因だった。父は物静かだがおとなしいわけではなく、口調はやわらかいが自信に欠けているわけではなかった。それだけじゃない。静かな語りというものは、抑制されたやわらかい声っていうだけではなく、品の良さや如才なさや礼儀正しさの美徳だけにも留まらないのだ。落ち着いた話しぶりというものは、マナーや個人の特性やスタイルにも総合的な人格にも収まらない。それは世界を渡る方法、この世界における父の流儀を表していた。チャンスに満ちた新大陸へ、可能性の大地へ、SF的な領域へと、自分の名前以外には小さな緑色のスーツケースと、伯母がくれたランプと、空港で両替したときに四十七ドルになってしまった五十ドルしか持たずに奨学金頼りでやってきた新入り移民の生存戦略だった。

そして今、父は本来の声で、早口で、僕を不安にさせるような興奮状態で、僕を心配させるような希望に満ちた様子で話し続けていた。僕にはそれが信じられなかった。父のことを信じられなかったのかも知れない。これまでの短い人生で、父が毎晩車を私道に入れて駐車するときの顔つきを見続けるうちに、彼は打ちのめされているのだとすっかり思い込んでいた。もちろん、僕は彼は優秀だと思っていた。彼は僕の父親で、英雄だった。でも世界は彼に気づいていたのか？　世界は彼に充分報いていたのか？　そうあることと、そうあるべきことを、SF的な希望と僕たちの座っているステーションワゴンという現実を一致させようとするテンソルから生じた応力は、互いに逆向きのベクトルとなっていた。

彼は堰《せき》を切ったように秘密の理論を僕に向かってぶちまけた。僕の一部は彼が僕にその理論を話したがっているということに興奮した。彼が僕を信用していて、彼の考えを、希望を、計画を打ち明けられるほどに自分が成長してたってことに。でも僕はそんな素振りを見せることができなかった。僕はただ真っ直ぐ前を向き、油じみたフロントガラスを通して店の窓に貼られた『バック・トゥ・ザ・フューチャー』や『ペギー・スーの結婚』や『ターミネーター』のポスターを見つめていた。みんな時間旅行もので、観ると楽しい。でもそれと同時に、時間旅行を楽しげにみせようとしている点、万事きちんと落ちがつく点、お定まりの予定調和的なところ、ヒーローが物理法則に従ったままでなお、世界を変える方法を見つける点などは苛立たしかった。

僕の意識が、家族で一緒に最後にレンタルビデオ屋に入ったときのことに移っていったことを思い出す。母さんと父さんは延々と映画を選び続けて、僕はうろうろするうちにリコリスと厚紙の箱に入ったチョコがけレーズンの間に一冊のコミックをみつけた。お話自体は退屈だった。三流スーパーヒーローものだ。つまんない力しか持っていなくて、いっつも忘れられている。僕の注意をひいたのはそこじゃなかった。

コミックの最後の方の広告ページ。最後から二ページ目の見開きの左下にある小さな欄に、たしか四インチかける五インチほどの四角い囲み広告があった。一番上の行には太字の大文字でこうあった。

時間
冒険者
サバイバルキット

人を馬鹿にしたり、ふざけてるような感嘆符も波線もなかったし、子供用だったりおもちゃだったり、ただの賑やかしだと示すようなものは何もなかった。ただこれだけが書かれており、徹頭徹尾真面目に見えた。こんな単語が詰まった言葉の小箱を発見し、僕は秘密を見つけたような気分になった。他の誰も知らないテクノロジーが僕をご近所のヒーローに、父を職場のヒーローにしてくれるかも知れず、父さんと母さんを助けることだってできるかも知れない。

五ドルと九五セント。それと自分の住所を書いて切手を貼った九インチかける十二インチの返信用封筒をどこか遠くの州にある私書箱へ、フューチャー・エンタープライズ社の人たち宛てに送る。「異世界で立ち往生してしまったどんな旅行者にとっても使い勝手と便利さ満点」のサバイバルキットが送られてくる。

僕の半分は、間抜けな行為だと理解していた。そのくらいのことはわかる年頃だったが、でも気になったのはあの字体だ！ 全部大文字で記されていた。気を惹くものでも、目を引こうとするものでも、子供向けのものでもなかった。タイプライターで打ち出しただけに見えたし、言わなけりゃいけないこと、相手に伝えなきゃいけないことや言葉や考えや文章でいっぱいになってるみたいに字の間隔も揃っていなかった。まるで、切れ者だが孤独な四十路の男の心が生み出したものみたいに。その男はどこか遠くの州の物置の中で半ば狂いかけているのだが、「何か」の尻尾を捕まえているわけだ。

広告によれば、キットは十七品目を含むという。でも僕が写真から見てとれたのは、プラスチックのナイフと服に縫いつける時間冒険者ワッペン、SF的な宇宙の勢力図と何か解読機みたいなものだった。

異なる生命形態が喋る言葉を翻訳するためのものじゃないかと僕はあたりをつけた——合計四品だけだった。残りの十三品は何だろうと首を傾げた。

広告が言うには、そのキットは見知らぬ宇宙の厳しい環境を生き抜くための唯一の手がかりだった。でも僕がその広告で一番よく覚えているのはそこに描かれていた絵で、写真でさえない。子供と父親を書いた小さな線画だ。手を繋ぎ合い、笑顔は見えない。コミックの後ろの方のコーナーで文章を詰め込まれて埋まっている小さな四角の中からこちらを見ている。広告に説明はなかったが、この親子は不運にもどこかに漂着してしまったものの、このキットを携えていたので助かったのだと考えるのが自然だということくらいは、十歳の僕にも理解できた。


というのが、父がちょっと息切れしながら、自分の裡にずっと溜めこんできた何もかもを話し終え、堅く守ってきた夢をついに総ざらいして語り止めたときに僕が考えていたことだ。長い間があり、車には沈黙が降り、そして彼は僕に向き直った。

「で」父は言った。「どう思う？」

僕は肩をすくめて、レンタルビデオ屋の窓の向こうで一緒に映画を選んでいる家族から視線を動かさなかった。お楽しみとポップコーンの待つ夜の準備だ。

「父さん」僕は言った。「うちって貧乏なの？」

僕がこれっぽっちも興奮していないことに、父が徐々に落胆していったことを覚えている。そこで僕はそう言ったのだ。今になっても、どうしてそんなことを言ったのか、そんな台詞がどこから出てきたのかわからない。僕は十歳だった。彼は僕の父親だった。僕には彼を傷つけるつもりなんてなかったが、むごたらしさを理解することはまだできていなかった。何が残酷なのかを、なぜ残忍なのかを、どうして冷酷ってことになるのかを。僕は残酷になりえたか？　残酷だったか？　もちろん残酷だった。僕はそれを学校の子供たちから学んでいたのかも知れない。僕は残酷さを既に、自分が育んできた世界像に組み込んでいた。僕は誰かを傷つける能力を、両親の毎晩の会話に耳を澄ませる間に獲得したのかもわからない。彼らはテレビのボリュームを目一杯上げてなんとか声を掻き消していた。何が起こっていたのか起こっているのか（父は、誰しもそうであるべきように、何が壁を通り抜け、何が家を通過でき、何が吸収されるのか、何を使えばどうできるのかという素材の物理特性を知っておくべきだった）は何もかも筒抜けだった。夫婦喧嘩には保存則が適用される。形を変えたり、散逸するように見えたりするが、全空間を囲む巨大な箱形を描くと、その中では全部辻褄が合う。その中で起こる全てのことは、ほんの一言だろうとそうでなくとも、あたりをはね回ったり反射したり家の小物なんかに吸い込まれていったりする。その声の険しさや音量を上げられたテレビは、両親がお互いを傷つけあうときに聞くサントラが『ファンタジー・アイランド』や『超人ハルク』、『ラブ・ボート』になる結果をもたらしただけだった。

今でさえ、今日になっても、あのサバイバルキットについて考えていたせいであんなことを言ったのかはわからない。父にねだることはできないとわかっていた。どうしてかはどうも定かじゃないが、今月は無理だし、次のクリスマスも、来年でも駄目そうだった。どうしてかはやっぱりさっぱりだが、誰に言われたわけでもないのにわかっていた。父が情けなく思え、同時に少しいらつきもした。

僕はただ、彼から何かの反応を引き出したかっただけなのかも知れない。よく冷たい態度になって、母からそして僕からさえも距離を置いてしまう男に。その同一人物がまさに今、僕へと向けて数学と科学とSFについて他の何について語るときにも見せたことのない情熱を込めて語ったわけだ。僕は反応が欲しかったし、こうしてその反応を得た。今度は父も怒っているはずだと僕は思った。でもまた予想は外れた。父はただ車を出し、何も言わずに帰路についた。

家までのドライブの残り時間、溶けたアイスが固く結んだこぶしの上に水たまりをつくっていた。僕は動くのが怖かったし、父が全然怒っていないらしいことに驚いていた。彼は気まずそうにしているだけだった。それかシステムダウンしているみたいだった。

実のところ、僕の質問は半分が疑問で、もう半分は別に訊ねたいわけじゃなくて答えは知ってる問いの確認だった。本当には理解していない部分と、うすうす気づきはじめていた僕たち家族と父、父の仕事、父の夢、僕たちの車、周囲の環境から察することができる実情の混合物だったと思う。僕の問いは彼になにかの効果をもたらした。あの問いは彼を深く傷つけたが、彼の裡に火を灯しもした。あの問いは、僕たちをまだ何年も隔て続けることになる距離を置いたが、それは僕らの間に、ある種のチャンネルが、一本の軸が、率直なコミュニケーションのための直通線が開いたということでもあった。

『SF的な宇宙で安全に暮らすっていうこと』より

社会経済学的階層

マイナー宇宙31は三つの基本領域よりなり、それらは非公式に「ご近所」と呼ばれることがある。

最下層は無所属エリアであり、その名のとおり、特徴的な見かけや内実、ジャンルを持たない。

この領域は時に「現実」と呼ばれるものの、宇宙31のこの層は質的にではなく量的に他の領域と異なっていることは強調しなければならない。程度の違いであって性質の差ではない。

最上層では、自らの威厳や異なる時代へのノスタルジーを求めるアッパーミドルから上流の富裕層が、無所属エリアのシミュレーション版の創造に莫大な時間と資源をつぎこんでいる。

高度に様式化された「現実」庭園にはかなりの高額に上る管理維持費が必要であり、個人的な家庭菜園の迫真性はこの階層の住人としてのプライドの根拠や家柄の象徴として機能する。

SF管轄区の残りの部分は、大多数の固定した中流階級によって占められている。つまり、細分化されたSF領域からなり、宇宙31の大半を占めている。

数十年前に、「現実」である無所属エリアからSF領域への家族単位の入植が許可された。しかし人の移動の許可は必ずしも経済的交流と結びついたわけではない。

近年の進歩にもかかわらず、多くの移民家族にとって、SF領域への移住を成功裏に行うのは困難なままである。数十年に渡る真面目な取り組みと、受容と共存のための無鉄砲な挑戦を経てなお、多くの住人がSFと「現実」の境目近く、SF領域の低中位に留まっている。

技術的にはSFであったとしても、これら境界線近くの「ご近所」世界の見かけや内実は他の領域と比べて全体的に造りこまれておらず、31世界の不完全な物理法則の影響によりバッファが比較的脆弱であることも寄与して、話の筋が行き当たりばったりになりがちである。結果的に、これら発展途上地域の住民の経験の質は総じて薄っぺらで貧しく、中層や上層領域でのものに比べて実体性に劣る。同時に、気紛れで一貫性や大方針を欠いた自然から得られる満足感は、荒っぽくはあるものの少なくとも内部的には一貫している現実のものに比べ貧弱である。

13

僕みたいに暮らしていると、こんな街では多くの面倒事に見舞われる。

人生のうちの十年ほどを僕はこの仕事に捧げているが、最後にこの街に寄ってからはほんの一週間しか経っていない。技術者はみんな、この奇妙さをネタにしている。あなたは、あなたの人生はあなたが今はまり込んでいるのぞき窓だってことを忘れていて、あなたの人生はここにあり、あなたがやってくるのを待っていて、あなたの不在に戸惑っており、あなたなしでもどっかへ行ってしまうってことを忘れている。あなたは、人々があなたを覚えていて、あなたを見かけて嬉しく思うかも知れないってことを忘れているのだ。

でも、僕が誰かとうっかり出くわすようなことはなさそうだった。僕はここに一泊するだけだし、失われた十年を証明するものは、かつて父の心を砕いた給与明細、何年経っても遅れもせずに隔週ごとに送られてくる会社からのそれしかない。

アップタウン行きの地下鉄に乗り、終点から二つ目の駅まで行く。僕は自分が古くから続く街並みを歩いていることに気づく。コンクリートで固められた公園周辺をこんな遅くに歩き回るのは物騒だ。地下鉄が地上に出てくるあたりの小さな丘を登って角を曲がると目的地がある。

ゴミ箱脇の現在位置からは、キッチンに立つ母が窓越しに見える。朝の二時三十一分五十八秒だ。二時三十二分には彼女は顔を上げて微笑む。彼女が顔を上げる。微笑む。彼女は野菜を洗っている。

彼女は二階にいる。僕は跳び上がって梯子につかまり、非常階段に体を引き上げる。外側の手すりを踏みしめ、乗り越える。彼女が僕の方を向く。僕は隠れ、彼女がキッチンを歩き回り、二人分の食卓を整えるのを見ている。

「お入りなさいな」彼女は言う。「オレンジでも絞る?」

彼女はもちろん、僕に話しているのではない。ええと、僕にだけれど、僕にではない。彼女は前払い済みのタイムループの中にいるのであり、彼女の人生の一部分を生き続けている。何度も何度も繰り返して。ほんの一時間にすぎないもので、彼女に支払えたのはそれだけだった。僕は彼女にアップグレード分くらいを出そうと言ったことがある。九十分の繰り返しくらいにはなる。彼女は僕の手を軽く叩いて、あなたが立派になったら頼むわと言った。それがどういう意味にせよ。

彼女はカウンターの向こうで食事を皿に盛りつけて僕の椅子の前に並べる。何かを思い出したみたいに顔を上げる。まるで僕がここにいるのに気づいたみたいに。

「ただいま、母さん」と誰かが僕の背後で言い、母は窓の方を向く。そこにはホログラム版の僕がいて、非常階段を上ってくる。僕はいつもそうしていたのだ。

「お入んなさいな」彼女が言う。「寒いでしょう」

「帰ったよ」ホログラム版の僕が言う。

「ごはん、とってきなさい」

ホログラム版の僕が食事している。母はずっとキッチンを動き回り、その間決して、ホログラム版の僕をちゃんと見ようとしない。彼女がこの僕を見ることができないのとおんなじように。彼女は世話を焼く相手や心配事が欲しいだけなのだ。そういうことだ。それでいい。僕は彼女の想像上の僕を見ている。かわりにそいつが母を見ている。彼女はただ彼女の仕事をしている。

しばらくそうしているうちに耳と鼻がひどく冷たくなり、時間を確認することになる。二十八分が経過。潮時だ。

彼女は全ての皿を拭き、洗い、もう一度また料理をはじめる。このあたりだ。ループがもうすぐ終わるところだ。リセットがかかる前に、窓を叩く。驚かせないように軽く叩いたつもりだが、彼女はびっくりして卒倒しかけた。

彼女はタイムループを中断する。よろめく。僕だと気づいてもあんまり嬉しそうではない。僕がここにいることよりも、すっごい久しぶりだってことの方が彼女を傷つけている。この短い訪問も、次はまたずいぶん先になるってことを思い出させるものでしかないのだ。

彼女は窓を開いたものの、僕を招き入れようとはしない。

「全然連絡もしないで。電話くらい寄越しなさい」

「はいはい」

「ここは好かないね。どうしてこんなとこにおいとくのさ。出してもらえない？　嫌なんだよ」

「母さんをここに縛りつけてるわけじゃないよ」

「はいはい、いい子ね」

「ちがうよ」

「いいわよ。じゃあ、いい子じゃないものね」

「ごめんよ、母さん」

「いいのよ」

「何に謝ったのかわかってる？」

「電話しなかったから」

「ちがう」

「じゃあなによ」

「忘れてくれ、母さん。僕も忘れた。今のはナシ」

「はいはい、いい子ね」

「そうなろうとしてる」
「はいはい、あんたにはあんたの暮らしがある。いいのよ」
「電話するよ。きっと」
「するわけないじゃない」彼女は言う。「ちょっとお待ち」彼女は部屋を見返り、キッチンを出る。

僕は母から文法を教わった。ネイティヴの話者ではなく、移民してくるまでは英語を学んだこともなかったにしてはとてもうまかった。母も父と同じように、現実にある小さな島の生まれだ。そこでは、民族主義者たちが学校で教える大陸の言葉と一緒に、その島の言葉、固有の言葉、私的で家族的な言葉が使われていた。なので僕が喋る言葉は、僕はこれしか知らないけれど、彼女にとっては三つ目の、しかも他二つとは随分離れた第三言語だったのだ。

そういうことを考慮すると、彼女はうまく、かなりうまく喋る。いつも頭の中で翻訳を経ていたにせよ、ついに父のように流暢《りゅうちょう》に話すようにはならなかったにせよ、英語で器用に考えることができなかったにせよ、誰に彼女を責められる？　時制の規則は入り組みすぎで、彼女の理解を超えていた。英語における時制の規則は、不定形を主とする彼女の母語とは全然違ったものだったのだ。

母が文法を教えてくれるとき、僕はプリントを持ってキッチンのテーブルに座り、空白を埋めたり、動詞を活用させたりしていて、彼女は皿を洗ったり、夕食の準備をしたり、床を拭いたりしていた。僕は六歳で、七歳で、八歳で、小さくて、彼女のもので、彼女の言うところのママの子だった。僕はまだ絶え間ない期待と競争と鍛錬からなる父‐子対立軸に踏みこんでおらず、未だ快適で心地よい母親空間に包接されていた。僕はそういったパラメータの外側へ、より大きな場所へと、完全に自由なSFの世界へと出ていったことがなかった。僕の最初の文法理解は、母によるものだ。つまり、時制文法原理の初歩、現在、過去、未来のことだ。僕は落ちる／僕は落ちた／僕は落ちるでしょう。僕は良い子です。僕はあなたの良い子で居続けるでしょう。あなたがいなければ何をしてよいかわかりません。あなたがいなければ何をするかわかりません。僕は未来形を学び、どうやって不安を文章の中にコードするのか、条件文を、思考をコードするのかを学び、心配を言葉そのものに、文法に埋め込む方法を学んだ。

心配こそ僕の母を動かす装置だった。彼女のメカニズムは生活という機構を駆動するためのものだった。心配は彼女にとって錨であり、フックで、彼女を世界に繋ぎ止めておく何かだった。心配はその中で生活することのできる箱で、現在へ侵攻し、過去を再生産し、未来を扱うための装置だった。

数分後、母は箱を抱えてキッチンに戻ってくる。箱を差し出し、僕たちを隔てる窓枠に載せる。

「昨日、あんたのクローゼットでみつけたのよ」それはおおよそ、靴箱くらいのサイズと次元を持っていて、茶色の包装用紙に包まれている。紙には継ぎ目も折り目もない。

「昨日？　なんでループから出たりしたのさ？　なんで僕のものを漁《あさ》ってんだよ？」

「あんたもうここにいないじゃないの。着ようともしない服がいっぱいじゃない」

「母さん、それ、えーと、もう十五年も前の服だよ」

「そう？　もう着ないっていうの？　覚えてないでしょうけど、あんたが買ってくれってねだったんだから。あなたのために買ったんです。見なさい。わたしなんてあんたのスウェットシャツ着てるんだから。どう？　似合うでしょ。コミックも多すぎ。今だとすごい価値が出てるかも知れないわ。売る気ない？　売るべきよ。探しといてあげるし、あんたが売ればいいわ。どうせゴミなんだし」

「答えを聞いてないいんだけど」

「なんの？」

「母さん、ループの外に出てるの？」

「ここで満足だと思う？　そりゃあんたはとってもいいとこを当てがってくれたけどね。ええ、いいわ。でもこれで充分だって、これから先もちゃんとわたしの面倒をみてくれるって、ほんとにいいところだと思う？」

「母さん、ああもう、母さん、今さら僕にそんなこと言うわけか？　なんでもっと早く言ってくれないんだよ、もう」

「早くっていつ？　今晩？　去年？　あんたが最初にここのパンフレットを見せてくれたとき？」

「ああっと、母さん、ごめん、悪かった」

「あんたはここに暮らせない。わかってる。わかってるのよ。一緒に暮らせる？　暮らせないでしょ。暮らしてみる？　ほんのちょっとでも？」

「母さん」

「わかってるのよ。わかってる」

「僕だってそうしたいさ、母さん、でもできない。できないってわかってるだろ」

「はい、ええ、じゃあね。謝るのはやめてね。あんたはいい子。謝るのはなし。いい？　ごはん作らなきゃ。これでいいのよ」

彼女が窓を閉める。背を向けて、彼女の六十分の人生に戻っていく。


帰り道、空っぽのガラス製のブースの傍らに、ぽつんとセックスポットが立っているのをみかける。女性型の古いモデルだ。ふくよかな巨乳タイプで、顔はかわいい。目を見つめる以外には目のやり場のない感じだったが、とにかく僕は視線を投げた。黒っぽい髪は、ちょっと時代遅れの髪型に見えたけれど、僕が文句を言う筋合いじゃない。

僕は通りすぎようとするが、彼女は合図を寄越す。彼女の目に宿った何かが僕の歩みを止める。まあそれはほんとの目じゃないわけだが。

彼女はちょっと金を貸してくれないかと訊く。

何を買うのか僕は訊ねる。

彼女は言う。もう誰も買ってくれないから、自分で自身を買うことにした。

僕はポケットから札を取り出す。五ドル札だった。

「こんだけじゃたいした時間は買えそうにないね」

「結構」彼女は言う。「いけるものよ」五ドル紙幣がとても嬉しそうで、僕は哀しい気持ちになる。ここではセックスボットさえ孤独なのだ。もうヒモさえいない。前はいたのかもわからないけど。誰もがいつも自問している。自分の行いは正しいだろうか。自分はどんな風に見えてるのか。善人として通用するほど善良か？　悪人として十分悪い人間か？

通りをソング・クラウドが漂っていく。ちょとだれてきているけれど、まだ動いている。脚を速めて曲が終わるところに追いつく。オーケストラの交響曲だ。重厚で華麗。ふさわしいときにふさわしい音楽が聞こえてくることってあるだろう。今がそれだ。こんな風に頭に浮かぶ。「この曲はこの世のものじゃなくて、どこか他の宇宙から降ってきた恩寵なんだ」。その曲は別の宇宙を想起させる。一度も行ったことがないけれど、心のどこかでその存在を知っている。なんといっても感じるのだから。特別な宇宙で、普通の宇宙よりも風変わりで、いいとこだ。そうしてあなたはバイオリンの音にできうる限り耳を澄まして、その宇宙をゆっくり味わう。いつかそこに辿りつけるだろうか。ひょっとすると、気づいてないだけで、もう既にそこにいるんじゃないのか。ずっとそこにいたんじゃないかと考える。

自分の部屋につく頃には、もう朝の五時近い。エドはちょっといぶかしげに、でも起き上がってきて僕を歓迎してくれる。

歯ブラシとタオルを持って廊下の先の流しに行く。鏡の中のこれは誰だ？　過去の僕だ。一瞬前に僕を離れた光が帰ってきたわけだ。歯を磨き、吐きだし、強くこすって顔から都市の汚れを落とす。ニュースやクラウドの煙やセックスポットの香水の匂いがあたりに漂う。半分失われた街で一夜を明かすと、髪には死んで塵に還ったロボットや誰かの夢や悪夢なんかがくっついている。

眠りに落ちていく途中、窓の外の崩れた都市のギザギザとした輪郭が目に入る。このマイナー宇宙は未完成のまま取り残され、仕上げもまだだ。単に入眠前の最後の瞬間に空想したものかも知れないけれど、僕は剝がれかけていた空の片隅の向こうに、僕らを支える未知の層を確かに見た。何か別の秘密の層だ。それは今やどこにでもあり、これまでもずっとそうだったのだ。

『SF的な宇宙で安全に暮らすっていうこと』より

利便性、特別な慰めについて

この都市で利用可能なサービスには以下のものが含まれる

・ホログラム版の昔の恋人
・一分ごとに課金式の改変歴史視聴ブース

この都市で使用可能な製品には以下のものが含まれる

・故郷の偽記憶（チューイングガム）
・スプレー式、夏の日のノスタルジア
・六千種にのぼるセックスボット
・呑み友達ボット
・様々な人間性をとりそろえた友達ボット

14

その時がくる。こんな風に。僕は自分自身を撃つ。

いや、わかると思うけど、この僕自身をじゃない。未来の僕をだ。僕は未来の自分を撃つ。

どうすればよかったのか？　他にどうにかしようがあったのか？

冷え込む街の夜歩きのあと、根性に馴染みのない僕の体はクラッシュしていて、朝も遅くに陽の光に目を覚ましたとき、何かがまずいと気がついた。寝過ごしてる。十一時十五分になっている。とりあえず何もかもをカバンに突っ込み、エドを小脇に抱えて、母さんからもらった包みを反対側の手に持ち、ハンガー157に駆けつけた。そうしてここにいるわけだ。

僕がこのだだっ広い空調のきいた空間に駆け込むと、時計は十一時四十五分を示している。あと二分。エドを下ろし、全部同じにしか見えないTM‐31が並ぶ無限回廊を一緒に走る。右に曲がり、左に曲がり、右へ上がって31‐31‐Aと表示されたスペースまで行く。腕時計を見るとあと十一秒ある。

そこには、頭上に浮かぶ巨大な時計盤を眺め、僕の遅刻を期待しながら秒読みしている修理ボットがいて、僕はこうして自機へと走る間に目撃している。一人の男を、未来の僕はタイムマシンから出てくるところで、抱えているのは彼のエド、未来のエドで、彼の仕事道具の入ったバックパックを背負い、茶色い包装紙に包まれた荷物まで持っていて、僕はパニックを起こす、っていうのは、SF的な宇宙で自分自身を目撃したら一目散に窓から逃げろとしか教わっていなかったからで、僕は会社が支給してきた実験段階のパラドックス中和用試作兵器を抜き、相手の胸に狙いを定め、彼は右手を伸ばして僕の銃身を下げようとするが、僕は撃っていて、一発やらかしていて、胸じゃなくて彼の腹に命中しており、彼は何か言おうとしていて、全ては一瞬の出来事だったが、間違いなく彼はこう言っている。

「全ては本の中にある。本が鍵だ」

僕にはそいつが一体どういう意味なのか、どの本のことなのかさえわからないが、もうこうなっては遅すぎて、僕がもう引き金を引いてしまった以上、建物全体の警報システムは活性化して、あたりは警報と点滅灯と何かの叫び声と音響装置からの緊急事態を告げる放送に満たされ、二マイル四方のハンガーは耳を聾《ろう》するエコー室と化しており、未来のエドが跳び出してきて逃げていき、ああ、くそ、それは僕が未来の僕を殺したからで、一瞬エドを追いかけようかと頭に浮かぶが、僕を目がけて四方から警備員が駆けつけてくるのがわかり、僕には未来の僕がそこから出てきた僕のタイムマシンに飛び込むしか手がないわけで、まあ彼のタイムマシンでもあるかも知れないけれど、ハッチがまだ開きかけなことに気づくのが少し遅れて、僕は膝を思い切り銀色のイリジウム合金でできたＴＭ‐31のハッチの縁にぶつけ、想像しうる限りの勢いでぶつけたおかげで、膝の皿が砕け散ったに違いなく、僕はぎこちなくもあぶなっかしいサマーソルトを決めながら頭から機体の中に突っ込んでいき、激痛の中、タミーへ向けて絶叫している。発進発進発進発進発進発進発進発進。

チャールズ・ユウのタイムループ図の一部

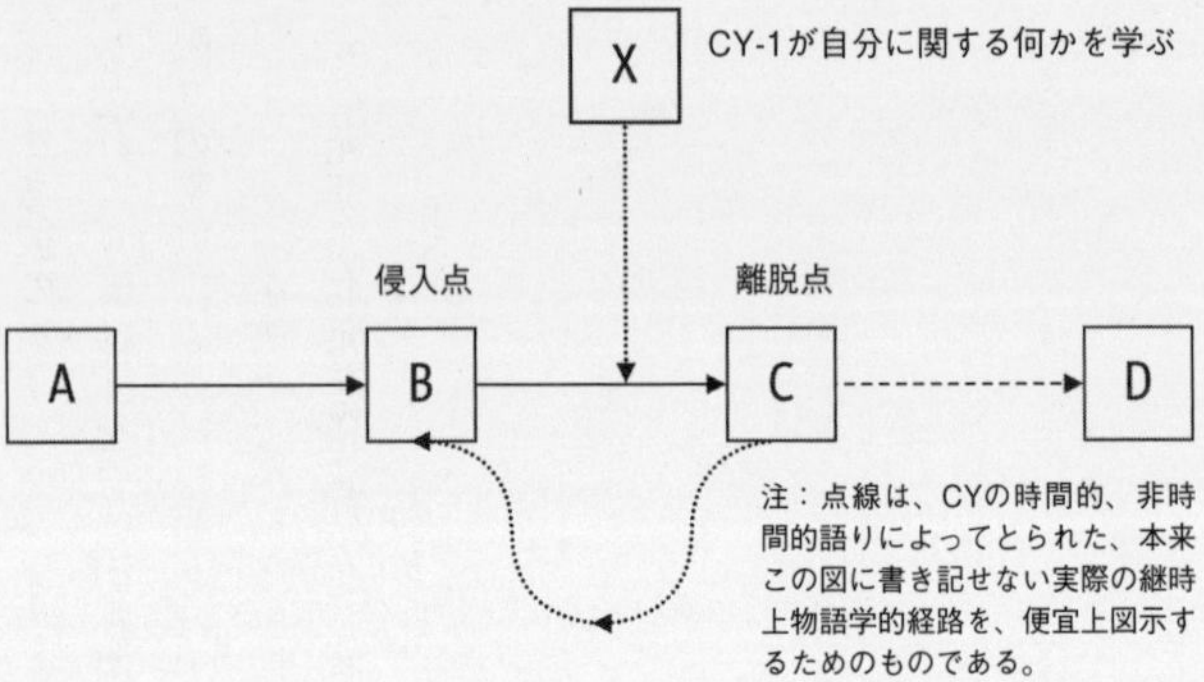
X
CY-1が自分に関する何かを学ぶ
侵入点
離脱点
A
B
C
D
注：点線は、CYの時間的、非時間的語りによってとられた、本来この図に書き記せない実際の継時上物語学的経路を、便宜上図示するためのものである。

凡例：

CY-1 =「現在」のチャールズ・ユー
CY-2 =「未来」のチャールズ・ユー
　A = CY-1がハンガー157でTM-31から降りる
　B = CY-1がTM-31から出てくるCY-2を目撃、CY-2を撃つ
　C = CY-1は、タイムマシンから出ると、自分がCY-2の立場となり、自分自身であるCY-1に撃たれると知りながら、TM-31で事象Bに戻る
　D = CY-1には辿りつくことが不可能な謎の未来
　X = CY-1が自分に関する重要な何かを学ぶ、時間上のどこかの点
▲BC = ループの長さを表現した、事象Bと事象Cの区間

注：
・ループ上で定義される関数の体積積分は、CY-1にとっての、喜びと苦しみを含む人生の総量の最大値を与える。
・ループする人生は、その中の旅行者が彼ら自身を持続させるために、不可避的に記憶を繰り返しているものと便宜上定義される。
・▲BCの実際の長さは、ループの中の旅行者によって経験される、主観的、心理学的な時間の長さとは全く異なる。つまり、それが一瞬であったとしても、ひと月に感じられるかも知れない。

(module β)

『SF的な宇宙で安全に暮らすっていうこと』より

タイムループに拘束されていると気づいた場合

(i) ループを構成している事象の連なりを確認しましょう。

(ii) 忘れないで下さい。タイムループに陥ったのは、ほぼ間違いなくあなたの過失です。

(iii) どんな理由があったにせよ、あなたは自分自身に干渉したのです。

(iv) あなたが現在の宇宙に留まりたいと考えるなら、意図しない自分の過去の改変や、その結果として他の異なる宇宙へ移動してしまうことを避けるため、自らの行動を正確に繰り返す必要があります。

(v) 一旦、事象の連なりを構築できたら、なぜそのような事態になったか確認しましょう。

(vi) タイムループの中で自分自身について何か学べるものがないか試してみましょう。

(vii) ほとんどの場合、何も学べないはずです。飽きて脱出を決意するまで、あなたは何度も何度もただループし続けるはずです。脱出によりあなたの人生は失われ、別の宇宙にはじき出されることになるでしょう。

15

自分のタイムマシンに転がり込む。足がズキズキする。ダメージを確認するためにズボンをめくる。

こりゃひどいな。

よくない。

誰もが恐れる展開になってしまった。人生が前に伸びるのをやめ、輪になってしまったわけだ。

僕はタイムループにはまっている。

タミーは自分を責めちゃ駄目だっていう。誰にでも起こりうることだし、わざわざそうする人だっているんだから、と。僕は、母さんはそうじゃないけどなと言う。あそこの人らは違う。うーんと、そうだな、しかし普通こういうことはアクションもののヒーローに起こるもので、語るべき物語を持ってるやつに起こるもんだろ。人生で何も成し遂げてない若造には普通起こらないし、こんな馬鹿げたやりかたってないだろう。僕は未来の自分を撃っちゃったんだぞ。どてっ腹だ。

僕は自分をタイムループに閉じ込めてしまった。今気にするのはやめよう。道は決まってしまったのだ。

まず第一にやらなきゃいけないことは、ハンガーから脱出することだ。僕は足元でこちらを見上げ、舌を出し、混乱しているらしいエドを眺める。


フィルから電話だ。メッセンジャーじゃなく、ほんとに電話してきた。人間の話し声をシミュレートしたやけに区切りのはっきりした声音だ。フィルとしては、そうなのだとは知らないわけだが。これが自分の声だと思い込んでいるはずだ。

「よ・な・なにが・お・お・起こったんだ?」彼は言う。幼児用の発音玩具みたいな声だ。ロボットの真似をしている五歳児みたいでもある。

「わかんないな。ちょっとびっくりしてるとこだ。自分が向かってくるのに出くわして、この馬鹿げたタイムループの罠に逃げ込むことにしたってわけだ」

「逃げるり・りゆうなんてなかったんだ。言っただろ! 聞いてたか? 僕はいいこと言ったね。逃げなくてい・いい。ほ・本社に・も・戻ってこ・こい」

「できないってわかるだろ、フィル」

「で・で・できるさ。ビ・ビール飲も・もうぜ。ユウ、や・やっちゃいなよ」

「できないよ、フィル。ビールも一緒に飲めない。わかってるだろ」まただ。後悔するのがわかっていることを途中でやめられたためしはないのか？　すぐに口を閉じるべきってわかってるのに、脳のどこかが続けろと煽り、口を噤《つぐ》ませてくれないってことってないか？

「このプログラム野郎、フィル。まだわかんないのか？　自分でおかしいと思わなかったのか？　ほら、確かめてみるといいよ」

彼が確認する間、恐ろしい沈黙が流れる。まるで父さんとビデオ屋の前の車で過ごした日のように。その再来だ。

戻ってきたフィルは、声色を使うのをやめている。

アナタガタダシイ。ワタシハマネージャー・プログラムデス。コノコトヲ、ツマニモツタエナケレバナライ。

ああごめん、フィル。ごめん。言うべきじゃなかった。冗談だったんだって。

オマチクダサイ。アア。ツマモニンゲンジャナイ。ソウナンデスネ？　トイウコトハ、ワタシニハコドモモイナイ？

フィル、きいてくれ。ほんとうにごめん。僕が言ったことは忘れてくれ。僕が発言する前に戻ろう。

ワスレルキノウハアリマセン。ソレハデキマセン。ワスレルコトハ、スバラシイ。チガイマスカ？

最悪なのは、フィルが正気だってことだ。彼は狂うことができない。そういう機能は持ってないのだ。

エエト、コノコトヲハナシテクレテ、ヨカッタトオモイマス。シンジツハツネニヨイモノデスカラ。ジジツハジジツデス。イッショニビールダッテ、ノメルカモシレマセンヨ。HAHAHA、ジョウダンデス。フカノウダトワカッテイマス。アナタハビールヲノム。ワタシハ、エエトソウデスネ。スウジカナニカヲタシアゲマスカ。

タミーが微かにちょっと失望したって顔をする。彼女がとりうる一番厳しい表情だ。「何見てんだよ」僕は自分でも予期していなかった厳しさで言う。意図した以上の厳しさになる。厳しすぎるように意図したみたいに聞こえる。

タミーは頭と気持ちの冷却のためにハイバネーションモードに入り、僕はひとりで取り残される。僕は時間から自由になった沈黙の中を漂っている。考え方によっては、これは僕が望んだ状態だ。みんなを追い払い、何もなくなった。こうする方法はわかっていた。機会が生じたときには選択の時間は数瞬しかない。何度も繰り返してきたように、世界のストーリーラインだけが僕を運ぶ推進力なのだ。でもところどころに、分岐した時間線を束ねる結節点がある。自分の自由意思を試そうとすると、いつもこんな羽目に陥る。いっつも、愛する誰かや守ろうとした誰かを傷つけるだけに終わる。僕はタイムマシンを壊した人々に対して親切に振る舞う。金を無心してくるセックスポットにも親切にする。でも一番大切な人々に対する行動は惨々たる結果になる。母さん。フィル。父さん。

僕はこの欠陥持ちの間抜け宇宙をなじることもできる。もう悪人なんてものはいやしないのに、みないつも哀しみに沈んでいるような宇宙だ。でも、悪人なんてそもそもいなかったとしたらどうだろう。そこには僕みたいなやつしかいないのだ。僕は悪人だ。ヒーローもいなかったとしたら。僕がそのヒーローだ。未来の自分の腹を撃った男っていう。

もしかしてそれが未来の僕が伝えたかったことなのかも知れない。特に価値のない内容だ。ひょっとして彼は何もかもケリをつけようとしていたのかも知れない。彼が僕を撃ってパラドックスを生じさせるのでも、僕が彼を撃って自分の未来を切り離すのでもいいし、どの道問題は解消されて、それ以上思い悩む必要はなくなる。やり直せればなと僕は思う。フィルの生活を、その人生を滅茶苦茶にする直前に戻り、そうして僕に僕を撃たせるに任せられたら償いに値するかも知れないのに。でも、もう全ては決まってしまったんだと思う。少なくとも、この先僕が何に出くわすのかはわかっている。

操作盤の上に一冊の本が載っているのに気づく。僕はそれを拾い上げ、ひっくり返して裏表紙を見る。見たことのない本だ。でも何か見覚えがある。僕のどこかの部分はこれが何かを知っている。手の中で更にひっくり返してタイトルを見る。『SF的な宇宙で安全に暮らすっていうこと』と書いてある。

『SF的な宇宙で安全に暮らすっていうこと』より

136頁

その本のまさにこの箇所に、未来の僕はこんな言葉を書いている。「君がこの本を書き終えるような時間上の点は存在する」

次の段落にはこう続いている。「とてもじゃないが信じられないと思うだろう。わけがわからないかも知れない。でも一生のお願いだ。頼む。信用して欲しい。僕は君なんだ」

16

本は薄く、金属光沢を帯びた銀色で、割りと小振りだがびっくりするほど重い。時間を巡る冒険の間に相対論的質量を獲得したかのようだ。学術書によくあるけれど、ペーパーバックのくせにやけに重かったりするあれだ。ひとつには紙が厚いせいで、あとはこっちの方が重要だがインクのせいだ。この本に封じられている重さは、何十万にのぼるそれだけでは意味を持たないマークや文字や数字やコンマやピリオドやコロンやダッシュの累積効果からくる。それぞれの記号は印刷機で、ちょっと思ったよりも強い力で黒々しく永遠を刻むように頁の上に押されている。

明らかに、僕がこの本を書いている。見たところ、僕にわかる範囲でだけど、これは技術畑のマニュアルであると同時に自伝のようなものになるんだろう。むしろ僕はもう書いたと言った方がいいのかも知れない。僕がこの本を書かなきゃいけないのは、要するに、どこかの時点でこれを書き上げなきゃいけないからで、それから時間を遡って自分に撃たれ、本を自分に手渡すわけだ。だから僕はこの本を書く。一点を除いては納得がいく。何で僕は一体、そんなものを書こうとしたんだ？

普通なら、僕は誰かに自分を信用しろと言われたら、それ以上そいつを信用できなくなる。そして発言者が自分自身だったとしたら、これはもう二重に信じられない。でも聞いたことはある。SF的な研究をしていた頃、可能性空間のトポロジカルな性質についての講義を取っていたことがあり、その講義のテキストの第三章はまさにこういうシナリオが事例研究に当てられていた。

絶対的に証明不能だが仮定的には構成されうる

相互に無矛盾な架空の法則を採用した

干渉性の宇宙における事故の状況

そして実際僕はしばらく、副専攻の卒論として、ZF＋CH（ツェルメロ－フランケルの集合論に連続体仮説を加えたもの）だけを用いて、まさに今僕に起こっている現象と厳密に同じ事態が本当に、（i）文法的に問題なく、（ii）論理的に許容され、（iii）形而上学的にも可能であるということを証明する新しい方法を考えてさえいたのだ。だから当然、未来の僕もその細部を知っているわけで、彼が知っていると僕が知っていることを知っているわけで、だから僕にこの本を渡す意味を見出したのだ。彼は手書きでこう書いていた。僕が自分の筆跡だとわかるようにだ。こうだ。

この本を読め。そして書け。お前の人生はそれで決まる。

タミーは僕に、本をTM‐31の読み書きデバイスの中に入れるべきだと言いだす。彼女は僕の右側にある今まで全然見たこともなかったパネルを撥ね上げ、透明なアクリル樹脂の立方体を出現させる。

「TM‐31のテキスト・オブジェクト・アナリシス・デバイス」彼女は言う。略してTOAD《ヒキガエル》です。

なんでわざわざヒキガエルなんて名前にすんだよ。僕は言う。

ヒキガエルは蝶番《ちょうつがい》の部分でまるで本みたいに開き、その内部が長方形に刳《く》り抜かれている。タミーは僕に本を入れるように促す。

蝶番が閉じ、ヒキガエルは再び僕の横の壁の中に戻る。そして光った。後に残って見えるのは、ふわふわ浮かぶ銀色の表紙とタイトルだけだ。

「チタニウム‐アンオブタニウム合金のナノ繊維による強化を行いました。リアルタイムであなたがつけ加えようと思うテキストを記録可能です」

というわけで僕はこの本を読んでいて、何かともかく読んでいるという状態にあり、ヒキガエルとタミーの支援を受けてコピーを制作中であり、厳密な意味では新しい版を作製していて、実際それは同時にタミーのメモリーバンクに書き込まれていく。こうやって僕は自分の本を書いていく。未来において既に存在している本をまた書いていく。結局僕が書くことになるのと寸分違わずおんなじ本を。僕は、ある意味ではまだ書いておらず、別の意味ではいつでも書き終えられている本を書いている。また別の意味では今書いており、別の意味ではいつも書かれている途中で、また別の意味では、決して書かれることのない本を。

17

『SF的な宇宙で安全に暮らすっていうこと』より

今現在僕は実際問題、ヒキガエルが僕の目の前のメインスクリーンに生成したテキスト画面でこの文章を読んでいる。行を追って読み進むうち、単語たちがあちこちで、ちょこちょこと自己調整しているのに気づく。僕が読み進める先で起こることもあるが、ほとんどは読み終わった箇所で起こる。テキストを僕が読書するという意識的な行為に極限まで近づけようと、デバイスがテキストを自己編集しているみたいに。要は本を読むってことは創造的な行為であって、その生産物がヒキガエルによって処理されているってわけだ。僕はこうして文章を書いている。厳密にはTM-31の視認作動式音声操作モジュールを利用している。こいつは、大体予想がついているとは思うが、ユーザーの神経活性や声や指の動きや眼球運動、表情筋の収縮なんかを追跡してリアルタイムの操作を可能にしている、キーボードつきマイクつき光学スキャンつき脳スキャンつきの何かだ。タイピングで入力したければ、手を正面に持ってきて掌を下に、キーボードを打つ真似をする。目の前に仮想のQWERTYキーボードが現れるって寸法だ。音声入力に切り替えたければ、書きたい内容を読み上げてやるだけでいい。音声認識変換システムに切り替わり、僕の声を活字に変換してくれる。キーボード入力にも音声入力にも飽きたら、単に読んでいるだけでもいい。ヒキガエルは僕の眼球運動を捉え、眼球が上下左右する時間からほとんど完璧な精度で僕がどこを読んでいるのかを検知する。そうして言語や概念を処理する脳葉や副脳葉のあちこちの血流や排熱量を測った脳活性のデータと照らしあわされ、おおまかにダブルチェックが施される。

僕はこれら三つのモードの間をなめらかに行きつ戻りつすることができ、同時に二つ以上を使うこともあり、三つ全部を利用することさえある。機材は僕の声を目を心を指の運動を全部同時に検出している。タイピングモードだけを使っていれば指の動きだけが追跡される。音声入力モードだけのときも同じだ。つまり、僕がテキストを大声で読み上げようとするときには必然的に目や脳も使わなければいけないってこととは関係なしに、もし僕が音声だけで入力すると決めたなら、デバイスは僕の眼球運動や脳活性を追跡せず、音声入力だけが僕の話し言葉を記録する。それぞれのモードや組み合わせの利用には利点もあれば欠点もある。

今僕は、読書モードとタイピングモードを一緒に使っている。未来の僕がくれたこの本のコピーは時間のどこかでひどく破損していたからだ（タミーの言うように、この本を僕に渡すという行為そのもの、奇妙なループの生成自体が本に損傷を与えたのかも知れない）。その結果、文字が読みにくいところがある。水でにじんだところや、時間経過による累積的な光退色で消えてしまっているところがある。別の箇所ではテキストは削り取られており、本に残された物理的損傷箇所の分布がランダムに見えることからすると、何か偶然の擦過か鋭い一撃が加えられたものらしい。テーブルの角（それかタイムマシンのドア）か何か非常に硬く薄い物にぶつかったみたいに削れている。表面の様子からして、X-ACT《エグザク》O《ト》ナイフか何かの道具を用いてわざと読みにくいように改竄《かいざん》されたらしい箇所もある。特定の単語や文が正確に何かの意図で削除されているように見える。

たとえばちょうどここだ。次の段落は「もし」ではじまり、この言葉のあとには凹みがある。押しつけられ、強くこすられた証拠が紙の繊維に残っている。後に残されているのはそこに続いたはずのいくつかの単語だっただろう灰色の染みだ。まるで誰かが、もしかして読者が、あるいはこのコピーの前の持ち主が、それとも僕が、未来のどこかの時点でこの段落の意味を消そうとしたか隠そうとしたか曖昧にしようとしたみたいだ。だからその仮定法の続きはこんな風になっている。

もしその

残りの文章がどうなっていたかを示す文脈も他の手がかりもない。文章の続きなるものがあったのかさえも。

より苛立たしいのは、テキスト中に読み取れない単語や文章があるということよりも、この本の中に単なる空白の箇所があるということかも知れない（そんなこと言っても仕方がないとは承知していてもだ。空白があるのかその先にはもうないのかどうかを確認するために先を読んでもいないんだから、空白があるかどうかなんてわかりっこないっていうのは、僕はまだこの読書／著述／自己編集過程をできる限り真摯に遂行中であって、事実、この括弧の中の脱線さえも僕が記録しているものが正確に再現されているわけで、僕がまさに今、今、今、こうして今タイプしている言葉に追いついてきて、僕はどこかへ脱線していき事前に考えていたわけじゃない内容をタイプしており、こんな状況の全体が僕に自由意思と決定論的状態の対立についての深刻な疑念を引き起こすわけで、なぜって僕が手持ちのコピーを元にタイプしている間でさえ、テキストは僕の思考と厳密に一致していき——EUREKA!——僕がここに適当に挟むか挟もうとした単語、その単語が「EUREKA」と僕がそう心の中で決めた瞬間にはもうテキストに現れているわけで、テキストからの逸脱を試みてランダムな言葉を挟もうとしても、今こうしているみたいにその試みは既に失敗していて、僕はこれ以上自分を形而上のトラブルへ向けて掘りこんでいく前にこの文章を止め、結んだ方がよさそうだ）。

この本は、僕が埋めていかなきゃならないギャップや空白でいっぱいだ。僕の自伝は穴だらけだ。

こんなのだ。*

＊僕が作業しているコピーにおいてテキストはこう見えている。テキストにはこの説明用の（そして自己言及的でもある）傍注も含まれているし、既に一つ目の文で説明された内容についての二階のメタ説明である、この二つ目の文自身も含まれている。この自己参照性の機能は定かではなく、僕の心にはこの記述の本当の起源に関する疑惑が湧きあがっており、この三つ目の文もまた、この傍注の残りの部分がそうであるように、僕が逐語的に作業を進めているコピーにあるとおりのものであることは強調しなければならないが、これはほとんどある意味で、未来の僕があらかじめ僕の意識の表出、僕の内的な独白の記録をつくっておいたのではないかという考えを自分で自分に問いかけているようなものだ。もしくは、僕と未来の僕の対話であり、未来の僕が今の僕へと、既に考え終わっているのに、自分が何を考えたのかまだ理解していない内容を語りかけてきているようでもある。

リベットの実験（1983）とも整合的だ。

こんなのもある。*

*僕が、とある選択を提示されている意思的なエージェントだと仮定しよう：僕はビンAかビンBからクッキーを取り出すことが許されている。両方のクッキーを検討したのち、どこかの時点で、僕はビンAからクッキーを取り出すという意図を形成する。そうして、そこからあとの時点で、選択を遂行しビンAへ向けて手を伸ばす。当たり前に思えるかも知れないが、直観的にはこれが物事の起こる仕組みだ。

でも違うのだ。

リベット以降「自分がビンAを選ぶと決めたと意識する前から」、本当はビンAへと向けて腕が動き出していることが知られている。結果として、自分が意思決定したと理解するより先に、ビンAを選ぶと決めているわけだ。問題はこうだ。どっちの自分が自分だったのか？　どっちの自分が自分なのか？　自分は、行為者としての自分なのか、傍観者としての自分なのか？　どっちもか？　どっちでもないのか？

僕は現在、僕が書いたこと、書いていただろうこと、書くだろうことを必要な分加筆しながら、できる限り正確にこれを書き写している。結果的に、僕としてはこの本が、損傷したり改竄される前と正確に同じ本になるのかはわからなくなっている。同じであるか、同じになるか、同じになりうるかは怪しいと思う。まあ僕のするべきことは、本の内容を考え出すことでもつくり出すことでもない。なぜならこの本はどう拡張されようともう既に作られていて、考え出されているものだからだ。僕は結末を知らない。前も言ったとおり、こうやって打ち込みながら読んでいるからだ。これはどこでもないところから生まれた文章だ。無から自発的に生じた情報のかたまりで、僕の解釈と記憶でフィルターされている。

確認しておくと、僕はこれらの命題を、このテキストのことだが、タミーに搭載された蓋然性判定ユニットを通して生成しており、未来の僕が真実を言っていたことは確認済みなのだ。この本は、この存在は、この創造物は、因果のループの産物だ。どこでもないところから現れて、これと決められるような起源を持たず、そのくせ作者は僕なのだ。

「この本は」タミーが僕に向けて言う。「コピーのコピーのコピーの、お望みならずっと続けますけど、永遠に続いていくコピーですね」かつて存在したことのない何かのコピーだ。自分自身からコピーされた本だ。

人生とは、ある程度はだが、未来の自分とのずっと続く対話とも言える。話題は、来たるべき年月に自分はどのくらい耐えられるのか。

僕はある意味でこの本の作者であり、ある意味ではただの最初の読者だ。僕は読むと同時にこの本を書いていて、読みながら考えながら三つのモードを思うまま切り替えながらタイプしていて、能動的に受動的に入力しながら出力しており、本は刻一刻と僕の意識やギャップの全てに合わせて生み出されていき、そのギャップを埋めようと、何が起こっているのか僕が知る前に、僕自身の人生の物語を解釈しようとさえしていて、僕は自分の人生がどうなるのか、どうなっているのか、どうなってしまったのかを知り、僕はこの本を頭から一語一語、目や指や脳や声というデータを通じて再生産しており、その間も、まさにあれがこれであるという直接的な体験として受け取っており、それと並行して、父と僕と、二人で乗った様々なタイムマシン全てについての話、未来の僕から聞かされた話を解釈している。

この本を僕は、自分が書いているものとして編集し、読んでいるものとして書いており、自分がつくり出したものとして、自分自身を繰り返している。不完全でおそらくは一貫性さえ欠いているのはわかっているが、僕にできるのは、先へと進んでそこで何が待ち構えているのかを知ることで、時間を戻って何が待ち構えているのか知ることで、父に何が起こるのか、彼と僕たちに何が起こったのかを知り、それが本当なのかを確かめ、僕が今こうして考えていることは何なのか、父の人生に何か意味を見出せたとして、僕は何を思うのかを知ることくらいだ。それが時間旅行者の父に対して息子ができることだ。伝記作家として、SF的な伝記作家として、文学遂行者として、未整備で支離滅裂でナンセンスな彼の人生のあれこれを相続して管理することが。そんな父を持った息子なら誰でも、タイムマシンとその中に詰まった技術を駆使して、その混乱を小説や実人生や人生の物語に落とし込めやしないかと思うものだ。こんなことには意味がないという確信があるという感覚がある。僕はこのお話がどう続くのかわからない。この物語がどう終わるかわからない。

『SF的な宇宙で安全に暮らすっていうこと』より

時間的閉曲線内残留物

干渉性のタイムループの中では、ループ内で生成され、タイムループの中に存在し続けるオブジェクトがある。そのような物品の典型的な一例としては以下のようなものが挙げられる。どこでもない場所から生まれた仮想の本：ある人物が本のコピーを過去に持ち込み、自分自身に渡す。そしてその本をできるだけ忠実に複製しろと指示する。本が出版される。出版後、その人物はその本を買い求め、タイムマシンに持ち込み、そのサイクルを丸ごと繰り返す。本は無から生まれたように見えるにもかかわらず、完全に安定な物理的存在である。

人間の記憶が同様の振る舞いを示すかは定かではない。

18

「もうやめてもいいかな」タミーに訊く。

「そうはいかないと思います」彼女は言うが、なぜ駄目なのかわからない。今日は我が人生において、心配事の放逐された日々の一日目ってことになるはずだ。違うの？　僕はこのループをぐるぐる回るだけなんだし、最終的には、ともかくいつか、いつか行き着いたと思えるところに行き着くんだろうから。まあそうなる。文字通りに問題なしだ。今日が終わりのはじまりだ。それともはじまりの終わり。僕は自分の未来を殺したし、僕は自分の未来であって、僕は過去に戻っていつまでも同じことを繰り返すのだ。辻褄は合う。

「ちょっと待った。君はこのループを繰り返してるんだろ？　何か記録とか、記憶とか、繰り返しを数えてるカウンターとかあるんじゃないか？　これって何回目なんだ？　百？　千？　僕はループから何か学んでるのか？　ちょっとはマシな人間になってるのか？」

「わたしの記録によれば、これは初回のループです」

僕は何度このループを巡っているのか？　タミーはこれが最初だと言う。この経路に乗るのははじめてだと言う。これはタイムループかも知れないが、まだ手つかずだ。

嘘だろ、と言う。彼女は僕に嘘をつく機能は備えていないことに注意を促し、僕は彼女が本当のことを言っているのだと理解する。もしループが毎度同じ出来事だけを正確に繰り返しているならば、彼女にそれを区別する手段はない。彼女にとっては、この事態はある期間内に生じる出来事の集まりにすぎず、目印となるものも、上位のカウンターも、異なる印象を検知する内部状態反映装置もない。彼女の記憶はそういう風には働かないのだと僕は気づく。そうしてそこから何かに気づく。僕の記憶もそういう風には働かないじゃないか。僕には自分がどのくらいこのループを繰り返しているのか知る術がなく、この先知ることもない。僕はただ巡り続け、これを繰り返すだけなのだ。それが一時間なのか、一日なのか、全人生なのかはわからない。どの回も前回と区別のつけようがなく、どの回も初回のように手探りなのだ。

僕はループにおけるこの記録、この僕自身のタイムループの記録の受動的な観察者だ。でもなんでだ？　どうして受け身でいなけりゃならない？　どうして真正面から向きあっちゃいけないんだ？　僕が向かっていくものに。向かわされているものに、その核心に、その核心、彼の核心、真実に、終極に、問題となる唯一のものに？　どうしてこの全てが終わる時点に向かい、これでおしまいだと宣言し、ほんとに終わりにしてはいけないんだ？　どうしてこの外殻に、ケースに、物質の塊に、この容器に、コンテナに、これらの言葉に、今このときと僕が辿りつこうとする時点を隔てる夾雑物《きょうざつぶつ》なんかに悩まされなきゃいけないんだ？　何が僕の邪魔をしている？　僕の知る限り、何もない。とにかく何であろうとにかくこれであるところの「創造」を行っている、読み／書き／何にせよ僕がしている行為の結末にジャンプすることを妨げるものは何もない。この本、この自伝、この自己指示マニュアル（自己強制マニュアル、自己創造マニュアル）、タイムマシンの操縦パラメータの集合、これまでのところ、思い込みと、貧弱な根拠で行われる継時上物語学的実験以上のものではない何かをデザインし、実行する実験スペース。

でももしも、僕が先へジャンプしてみたとしたら？　途中でこの文章化フィルターを抜け出すのだ。結局、僕自身が僕に言っているように、僕は作者なのだ。これが何であるにせよ。僕は著者で、唯一の読者であるのだ。

僕は何が起こるのか知りたい。ここから脱出できるのか知りたい。父にもう一度会えるのかを知りたい。母に再会できるのかを。僕の人生は最後までこんな風に続いていくのかを知りたい。

タミーが言う。「良い考えじゃないですね」

ヒキガエルが出力する。「良い考えじゃないですね」

僕は指示を打ち込む：最終ページへ。

19

良い考えじゃなかった。この指示を投げるや否や、TM－31の外殻が微かだけれど検知可能な振動に見舞われる。

僕はボタンを押し、ハッチから圧を逃がす。僕はドアを開ける。そこで僕が見たものは‥

［この頁は白紙です］

そして今、ＴＭ－31が最初はゆっくり、徐々に激しく、バランスを崩した遠心分離機のように振動しはじめる。計器が点滅している。

タミーが平板なままだがわずかに心配そうな調子で、僕がタイムマシンを計算不可能経路に乗せたのだと教えてくれる。

僕は何を考えていたのか？　正確に言えば、僕は自分が何をするのかさえわかっていなかったはずだともわかっていないのだ。終極までの全てをスキップできたとして、それまでの日々とは全然違ったものであるはずの、人生の向こうの次の日には何をすればいい？　僕が奇跡的な変化を実現してこの轍《わだち》から抜け出したとして、次の日には僕はどんな新たな人物になればいいんだ？　その翌日には？　明後日には？　そのあとの日々は？

ＴＭ－31の揺れはだいぶ激しくなっている。タミーの声の調子も注意を促すものから軽い警告へと変化していた。僕は何をやらかしたんだ？　あ、くそ、しまった。タイムマシン回路101だ。ヒキガエルの解析アルゴリズムの無効化が、タミーとヒキガエルの因果的連結をこけさせている。数分前に僕が注意するべきなんじゃないかと思ったところだ。

（この時点でマシンの振動は低く不規則になり、共鳴周波数に達している。ユニット全体が激しく揺さぶられているからだ。デコヒーレンス・モジュールが外れ、床にぶつかり、装置の中身がわずかにのぞく。物質の剝き出しの物々しさ、純粋に物理的な部品、衝撃に弱い乱数生成器のワイヤーとダイオード。世界のデータ。世界であるデータ。あらゆる可能世界、そうなったかも知れない、そうあるべき世界の、そうであったかも知れない世界の、それを見つけるためには超高感度の測定器を厳密に調節しなければ検知できない隠れた微小世界のデータに、データに圧倒されていく。）

そうして：無。

20

僕はばかでかい仏教徒の寺で目を覚ます。メインホールと言われても違和感がない玄関ホールに立っている。空気は冷たく、線香の香りがしてくる。内部は暗い。ドアと床の隙間から細く漏れる陽光が神聖な場への侵入者みたいに見える。

ここには時計は見当たらない。

木製の柵が二枚、玄関ホールとメインの建築物を隔てている。二枚の柵の間は空いており、そのどちらの側でも靴を脱ぐようだ。小さな青いスリッパが用意されており、僕は靴下ばきの足をその一組に滑り込ませる。指先と足の輪郭を包むスリッパが冷たい。

スリッパの間に、なんとなく見覚えのある男物の落ち着いた茶色のドレスシューズがある。

僕は、メインの部屋を成す巨大な長方形の端に立っている。二マイル四方はあろうかという濃いワイン色の分厚いカーペットの端だ。三体の仏像が部屋の向こうに座っている。壇の上で顔を上げ、僕の頭上を、永遠の向こうを見つめている。見つめているわけじゃない、と僕は思う。眺めているんだ。

左にも右にも、小部屋に続くドアがある。それぞれが高位の存在であるところの、特別な仏のためのものだ。家庭円満の仏、旅路安全の仏、備忘の仏。正面の像とその周りの数体、壁面の絵何枚かをのぞくと部屋の中には何もなかった。物質的な存在はなく、僕が半ば沈むように浮かんでいるカーペットがあり、スリッパは浮き上がる手がかりにならず、ほとんど毛足に抱擁されるようにしてその裡に深く沈んでいっても手に触れるものは何もなく、まるで自分自身が、自分なるものが、宇宙規模の溶媒に溶け込んでいくようで、純粋で清潔で無香で無味で不可視で重さを持たず、気体でも液体でも固体でもないがその全てであるものがある。僕はまるで徐々に燃え尽きていく線香のようで、最初は煙に、そうして部屋の一部になっていく。僕の思考はガーゼに包まれまとめられ、その中で主張をはじめ、いらつき、我慢できなくなっている。一瞬一瞬を、僕が理解しているところでは、本質的に途切れることのない緊張状態の中で過ごし（まるで僕の進化論的闘争本能やら航行本能やらが故障して、毎朝、毎昼、毎夜を深刻ではないものの決して避けることのできない静かなパニックの中で過ごすことになったみたいだ）、この慌ただしい乱雑な思考は一つずつ、自分たちの正体を明かしては抜け落ちていく。同じ思考が何度も何度も繰り返される。それらの正体が、虚ろな思考であって、虚偽であって、思考の仮面をかぶった非思考で、ミームで、ウイルスで、送信された信号で、僕の脳から生み出されたホワイトノイズであると白日の下に晒され、消えていくのだ。

静かだ。今まで一度も経験したことのない静けさだ。沈黙が物質化したみたいで、重厚で、今やその沈黙が粘性を持つ液体みたいに何かのジェルみたいに僕の頭蓋を満たす。欲望は苦しみである。単純な問答で、よくできたキャッチフレーズだ。でもひっくり返すとちょっと厄介になる：苦しみは欲望である。一方向の矢印ではなく、因果的な連絡ではなく、欲望は苦しみに通じる。欲望「は」苦しみだ。ゆえに公理から、苦しみ「は」欲望だ。「チリン」。鈴が鳴る。誰が鳴らしたのかあたりを見回す。尼僧か僧か誰かだろう。でも鈴を持った人影はないようだ。鈴が一人で鳴っている。「チリン。チリン」。鈴の音は澄み透り、あたりを浄化していく。鈴の音が部屋から雑念を払い、過去を清める。部屋を汚染していた僕の思考が全て吹き払われる。そうして僕は、目の前に母の姿が現れても、どういうわけか驚かない。少なくとも母の何かのバージョンが部屋の正面、中心から少し離れたところに立っている。両の手の人差し指と中指に線香の一端を挟み、両腕を額の方へ持ち上げ、わずかに腰を曲げている。

僕の母、背が低くてこじんまりとした、僕の知るバージョンのほんとの母親は、僕が他には見たこともない無防備で惜しみない愛を振りまいていた。TM-31の中での僕の孤独のどこかの時点で、僕は困惑する能力をなくしていたけど、僕の母はそもそも困惑する能力なんて持っていなかった。彼女は彼女の声で愛を求めた。堂々と、切々と、生々しく、必要なだけ限りなく。率直な、囁くような、無防備な声で。彼女がそうしている様はほとんど危ういほどで、傷つきやすすぎた。彼女のそんな行為のことは憎む以外にどうしようもなかったが、そう思いつつ負けてしまう自分のことも嫌だった。彼女への嫌悪にもかかわらず、根底では彼女を愛する以外にしようもなかった。彼女は素晴らしい人間ってわけじゃなく、すごく寛大な人間でも、一番親切な人間でも、とてつもなく思いやりに満ちた人間でも、素晴らしく賢い人間でもなかった。嫉妬深く、怒りっぽく、性急で、僕の人生を大いに抑圧した。十一歳のときからそうしてきたのだ。そのとき弟が死産し、時間を与えられなかったその人生は小さな長方形の墓石に収められ、それからその二日後には彼女の母親が亡くなった。医学的には感染症で。実際には深い哀しみのあまり。母は彼女の人生を嘆きに費やしたが、まだ心から父を愛する力を残していた。全力でだ。心は構造でベクトルで、近くの目標や離れた人物へさえも繋ぐことのできる電源だった。心を込めて。意味のない表現だが、適切で正確でもある。母は彼女の心を父を愛することに使った。頭でも、言葉でも、考えでも思考でも感性でもなく、他の人が愛や愛情類似物を届けるのに使う輸送手段やオブジェクトや機器も使わずに。彼女は愛の物理的な発信機として彼女の心を使用した。結果出現したのは、重力でも時間でも時間旅行でも、フィクショナル・サイエンスの法則自体でもなく、献身に他ならなかった。

母は体を起こして、千粒の百万粒の一億粒の灰に積もり満たされた大きなセラミックの壺に線香を立てる。それまでに燃え尽きた白檀《びゃくだん》の香、過去の積み重ねが塵となり集積され、形を成している。彼女は灰の山、細かいチョークの粉のようなやわらかい灰色の粉の山に、手にしていた線香を立てる。完璧な垂直が形作られ、それは刹那に存在する薄く儚《はかな》く真っ直ぐなものに思える。軸だ。祈る者を導く管で、物質からその周囲の灰へと自らを転換するオブジェクトでプロセスで、可視のそして不可視の物質に変換され、部屋を満たす煙と熱に自らを転換していく。現存する線香は自分をそして他者を支える素材そのものになる。未来の線香は束の間垂直を保ち、どの現在の線香もそれのみで立つことはできず、時間そのものと同様に、過去の全ての線香の助けを得て機能を果たすことができるだけであり、現在の瞬間を支え続け、それが過去へと変わったのちに、燃え尽きていく線香は祈る者へと伝え続ける。祈る者を閉じ込めるものから解放する。それは祈る者にとっての儚い乗物にすぎないのだ。自己を大気へと解放し、焼けていく匂いや霞や霧散する記憶の残余だけを残して形を離れ、同時に大気そのものの一部、まさにこの燃焼を焼却をゆっくりと無へ帰していくことを可能とする大気へと同化していく。

彼女は顔を上げ、僕は一瞬、この女性は母に間違いないと思うが、でも彼女は僕の母ではない。彼女は、僕の・母が・そう・あるべき・だった・女性、だ。

彼女はそうありえたかも知れないものではない。そうありえたかも知れないものは、全く僕の母親じゃない女性になる。任意の母、任意の人、多くのそうありえたかも知れない人々があり、多分無限にいるんだろう。

違うのだ。この僕の前に立つこの女性は、そうじゃなく、一人にして唯一の、僕の・母が・そう・あるべき・だった・女性、なのだ。僕はこうして彼女をみつけた。父を探して、この女性と出会ったわけだ。継時上文法的に旅をしてきて、通常の時制軸を逸脱してここへやってきて、仮定法モードに入ったということになる。

女性が僕を見つめる。笑わない。彼女の顔には表情が全く見当たらない。この、僕の・母が・そう・あるべき・だった・女性は、僕の母のイデアみたいなものだとわかっているが、その考えは僕を同時にいらつかせてもいる。誰がこんな場所をつくったんだ？　僕の母親、厳密に彼女であるところの実際の母は、母の完全なバージョンじゃないとか言いだしたのは誰なんだ？　僕の目の前のこの女性は顔に内面の反映も見せず、落ち着いているのか、至福の状態にあるのか、法悦の状態にあるのか、冷たい水に満たされた静かなプールみたいな顔をしている。僕の現実の母と同様にこの女性も仏教徒だが、彼女は教えに導かれており、学理と瞑想に測りきれない時間を費やし、自身の思考を安寧へと持ち込んでいる。彼女は彼女という箱から、きつく締めつけてくる精神的ループから、高揚と落ち込みの循環から、不安から熱狂から後悔の念から抑圧から彼女自身を解放しており、そうすることで菩薩のようなものの一体になっており、僕の母がいつも探し求めていた平安の境地を見出していた。彼女は母にもいつだってそうなることが可能だと僕にはわかっていた存在だ。彼女の裡《うち》なる光が正しい道を見つけられたらの話だけれど。

僕はこの完全に異質な存在の前に立っている。一度も会ったことのない、どんな可能世界でも、出来事や偶然の可能な組み合わせを尽くしても出会うことがありえなかった女性だ。純粋に仮定的な存在だ。

「お目にかかったことがあって？」彼女が言う。

これは僕の母親だ。

これは僕の母親ではない。

鈴が一つ鳴る。

「チリン」

僕はあの靴をどこでみかけたのかを思い出す。

父の靴だ。ここにいるのか？　下のガレージに一人でいるときに作っていたものがこれなのか？　ここを訪れるためのマシン？

この部屋には時計がない。ここには時間がないからだ。この部屋に、この場所に、この寺がそういうものだからだ。僕の母は自分で選んだタイムループに捉われて、虚構の地球の上におり、この女性は逆の立場だ。この、僕の・母が・そう・あるべき・だった・女性は、この無時間の寺の中で今ここにあり、永遠にいつもいて、そうして決して存在しない。

この部屋、さっきまでは静止していた部屋が今は回転し揺れているように感じる。これ、なに？　ここはどこだ？　まだ同じ部屋の中か？　実際には父の構築した何かの構造物の内部にいるのか？　何かの構成概念の中にいるのか？

僕の・母が・そう・あるべき・だった・女性が僕へと向けて顔を上げる。今度は彼女の顔に至福の気配は見あたらない。

「あなたはここにいなければいけないのですか？」彼女は言う。僕は、まるっきり母にしか見えない六十歳の女性を前にしたような恐怖に捉われる。至福の平穏だと僕が認識していたものが、何か邪悪なものへと凝固していく。無限の時間の寺に閉じ込められた、人ではなく人のイデアである囚人の目だ。

「ひとつだけ教えてくれ」僕は言う。「彼はここに？」

「昔。ずっと昔に」

「どこに行ったんだ？」

「わたしは知らない。わたしにわかるのは、彼は望むものを得られなかったということだけ。彼はわたしのことを彼の願望だと考えて、何度も何度も繰り返し謝るだけで、そしてそれは彼が予期していたなりゆきではなかった。だから彼は出ていかねばならなかった」

彼女の表情がほんの微かにだが和らぐ。筋肉を動かした様子もないのに、彼女の見かけは邪悪さから寄る辺なさに切り替わっていた。

「家族になってくれるの？　ここに一緒にいてくれるの？」

僕は走り出している。残酷に思えるかも知れないが、僕はこの場所で、ぞっとしないバージョンの母親と永遠に囚われの身になるつもりはない。全然母親じゃないんだし、心を持たない放棄されたイデアにして、それゆえに孤独な存在。彼女が誰か相手を見つけることを心から祈るし、いつかこの寺を離れて、永遠を一緒に過ごしてくれるような誰か他の仮定的なイデアを見つけることを祈る。でも僕には面倒をみなけりゃいけない自分の母親がいる。肉と血を備えた母親で不完全だが現在形の母親で、まあそんなのはただの正当化かも知れないけど。しかしこうしてはじめて、僕は自分が必要とされていることを、義務がある人たちがいることに気づく。息子として、タイムマシン修理工として、事故った人々を助ける役として。それが下らない消化仕事にしか見えなくて支払いが良くなかったとしても、僕を頼りにしてくれる人がいる。母さんや、フィル、タミーにエドだ。もし僕がケツを蹴られていなくて、自分に走り寄り、自分を撃ち、そうしてこの本を開き、先へ飛ばそうとしなかったなら、僕はここまで辿りつかず、何も見ず、自分なりの理解に辿りつかずにいたかも知れない。ここが僕の目指していた場所だったんだということに。死んだように静かな僕の父がつくった息苦しい構造物、空間にぽっかり浮かんだ場所での人生が。僕は全人生を孤独に過ごす方向へ向かっていた。これ以上のものにはなれないと自分を憐れみながら。僕を実際に励ましてくれる人たちをみんな無視して。僕はドアへ向けて走っている。どのドアでもいい、寺の北東の角のドアを目指して。鍵がかかっている。ノブを握り、全力をこめて揺さぶる。寺で、瞑想の静寂に沈むこんな場所でやるにはものすごく気が咎めるが、蹴り開けるしかなさそうだ。足の裏を全部使って強く蹴る。ドアノブのすぐ下を蹴りつける。普通の木のドアじゃない。ルールに従って行動しろ馬鹿。今言ったのは誰だ？　「チリン」。説明しなけりゃいけないのか？　わかった、僕に干渉してるのは誰だ？　「チリン」。ブッダか？　ブッダが僕に語りかけてるのか？　誰も僕に話しかけてなんていない。自分で自分に話してるんだ。僕は自分がいると思っているところにいない。僕はどこか他のところにいるのだ。これは現実じゃない。でも偽物でもどっちでもない。ここはもう、いて楽しい宇宙じゃない。「チリン」

そうして僕は思い出す。本が鍵だ。僕は僕にそう言った。僕は自分に、僕が必要とすると知っている手がかりをくれていたのだ。これがそれだ。そうだろう？　どうやれば外に出られるか本が教えてくれるんだろう。秘密のドアがあるっていうのでどうだ！　冴えてる！　ほらあった！　クール！　まるで僕自身が体験中の冒険物みたいだ。ＳＦっぽくさえある。

問題は、ＴＭ－31が見当たらないことだ。僕はそんなに冴えてなかった。ある種の馬鹿なんだろう。僕はこの寺に時間を旅して辿り着いたんじゃない。ここは過去形でも未来形でもなくて、仮定形なのだ。だから僕のタイムマシンはここにはない。

僕は祭壇を横切り、大きな仏像たちの前を通りすぎ、線香の灰が詰まった巨大な壺を叩いてみる。灰がやわらかな幕のように部屋中に広がり波打つ。鈴のついているスタンドを叩く。つんざくようなでかい「チリン」が鳴り響き、鼓膜を貫き頭蓋の中央へと真っ向から切り込んでくる。今や灰で薄暗くなった室内では、線香だったものの霞が文字通りに僕の視界をかすませており、僕はあたりを手探りしながら他のドアを試す。閉まっている。息苦しい。咳き込んでいる。窒息しないように口を覆ってみるが、鼻孔が灰と煤でいっぱいになる。もう偽母がどこにいるのか、背後のどこかにいるのか、映画の中のゾンビみたいにゆっくり歩きまわっているのか考えるのも億劫《おっくう》だ。ドアを蹴ってみる。体を押し込もうとしてみる。駄目だ。ほんのちょっとも動かない。僕はおびえる。仏教徒の寺でおびえるだって？　考えうるなかで恐怖とは一番縁遠そうな場所で？　僕は何を恐れてるんだ？　ここに囚われることか？　ここに留まることか？　無か？　無であることか？　何であれ、僕は脱出しなけりゃならない。いいだろう。考えよう。考えろ。僕は馬鹿だ。これは普通の木のドアじゃない。これは全然物理的なドアじゃないわけだ。形而上の存在だ。これは僕が蹴り破ったり体当たりで壊したりできないような時間障壁か論理障壁か何かの種類の障壁だ。僕が入った箱だ。僕は全人生を箱に出たり入ったりしながら過ごしてきた。箱のことならよくわかってる。箱のイデアが僕用の箱として誂《あつら》えられていて、他の呼び方をしたり他の機械とみなすことを阻害する障壁になっていてもだ。僕のいるこの箱は、父によってつくられていて、彼の想像した人生を形作っている。彼はこれを意思の力で、四十年間溜めこんだ鬱屈の力で構築したのだ。この場所、「ここ」は、空白を囲んでいる抽象化の外枠であり、父の企まざる意図の実現に他ならない。でも彼はここを手に入れ、それから放棄すると決めた。だから僕がここにいるんじゃないのか？　父は僕にこれを見せたかったのか？　だから僕はタイムループの中にいるのか？　父は僕に彼を見つけさせようとしているのか？　僕がこう考えていると、肩がドアにめり込んだ。不意にドアが開け放たれ、僕はドアを通り抜け、無へと向けて跳び出した。そして僕は落ちながら、叫びながら、ちょっと泣きながら、でもほとんどは叫んでいるだけで、落ちていき、落ちていき、落ちている。

今度はどこだ？

君は今、物語と物語の隙間を埋めている間質性組織の中にいる。

あんた誰?

君だ。

僕? 待って、僕って誰?

君は君だ。

あー。わかった。ありがとう。で、ここってどこ?

シャトルの中だ。わたしは君を君がいた物語空間へ連れ戻そうとしている。

(ここはTM-31の中ではない。僕は何か別の乗物に乗っている。でかい。スペースに余裕があり、空気は綺麗で、明るい。内装は清潔で、白と黒のセラミック製だ。アップルが宇宙船をデザインしたらこうなるだろう。)

バスなのか？　宇宙バス？

というより宇宙エレベータに近い。ボーマン遷移系と呼ばれている。十次元時空に存在する、あっちこっちへ伸びたエレベータの巨大なネットワークだ。表通りがあり、脇道があり、行き止まりがある。

脳みたいだな。

そうかも知れない。

バスみたいでもある。

こだわりたいならそれでもいい。

（やわらかなムードの音楽が流れている。でも静かだと感じる。空調も心地いい。僕はまだ寺の熱のおかげで火照る顔を冷たい窓ガラスの表面に押しつける。）

なあ、誰かいる？

ここにいる。

あんたは辻褄合わせ役だ。違う？　でこれは、辻褄合わせシャトルだ。

その通り。

エドも拾ってもらえるかな？

もちろんだ。エドが誰なのか教えてくれたら。

僕の犬だ。

犬の記録は手持ちにない。

技術的には存在してないんだ。

辻褄合わせ用の犬をペットにしていたのか？

そうだよ。

（運転手はズボンについているボタンを押す。彼は言う。誰か犬を拾ったやつは……ああすまん、そうだな……待ってくれ、訊いてみる。）

どんな犬だ？

雑種だよ。茶色い。ふやけたオートミールみたいな顔をしてる。

（彼はこの描写をズボンの股下へ向けて伝える。十秒かそこらで、シャトルが止まる。ドアが開く。エドが駆けこんできて、僕の隣にどっかり座る。僕は運転手にお礼を言う。エドの毛深い首筋を何度かさする。）

それで、どうして僕は辻褄を合わせられる目にあってるのかな？　死んだのか？

いや。想定外のところに行ってしまっただけだ。

僕の未来のことか？　あの空っぽの未来？

そうだ。

それってどういうことだ？　僕には未来がないとか？　もう死んでるとか？

それに答えるのはわたしの役目ではない。

思わせぶりだな。

どういたしまして。一度やってみたかった。

（僕らは色空間みたいなところを勢いよく進んでいき、銀河規模のエレベータ・シャフトを突き進んでいく。上にも下にもあたり一面にはびこり、ボーマン組織中をのたくっているエレベータ・シャフトが青や緑や赤のチューブ状に見えていて、巻きひげのようにあらゆる方向に射出されるベクトルのように見える。）

（僕の窓からは、僕たちが通過してきた物語の外形が見える。うちいくつかは光の大サーカスって感じのスペースオペラだ。他はもっと小さな系で、わびしい寄せ集めで、ぼんやりとしてくすんでいる個人向けの小さな物語たちだ。僕は31宇宙がそんなに大きいと考えたことがなかった。想像していたよりも大きい。）

自分を責めるな。

何のことで？

何だか知らんが、君が罪の意識に苦しんでいる件でだ。

他の誰を責められるっていうんだ？

君に本を渡したやつをさ。

そいつは僕だったんだよ。未来の僕だ。

いいや、そうじゃない。

この目で見たんだ。間違いなく僕に見えた。

君は君がどう見えるかが、君を君としているものだと考えるのか？

いいや。うん。

誰かが君に本を渡して、これが君の物語になるのだと言う。君はそれに囚われる。君は相手の目的も、そいつが誰なのかさえも知らない。相手が自分に似ているからというだけで、彼の言う通りにする。よく聞くんだ。そいつが君に何を言ったか考えてみろ。

物語の通りにしろって。

で物語はどうなった？

僕を先に進ませた。

君はパラドックスだ。

僕はパラドックスだよ。

君の人生は巨大なパラドックスだ。

意味がわからないな。

そうだろう。わたしが誰か当ててみるといい。

僕だろ。

正解だ。

僕みたいには見えないけどな。

また物理宇宙の特性にこだわるのか。君は一体、自分を何だと思ってるんだ？　ここをどこだと？　物語を語りたいのか？　ハートを育てろ。ふたっつ。二つ目で一つ目をばらばらにしろ。えぐい。だろ？　血まみれのぐちゃぐちゃだ。直視して、意味を見いだせ。意味なんて見いだせないと知れ。なぜって意味なんてないからだ。コンピュータに君が今までついてきた嘘全てのリストを出力させろ。これまでに本当に見たことのある宇宙の数を自問しろ。鏡を見ろ。君は君が君だと保証できるか？　君は自分が真夜中に自分から抜け出していないっていう自信があるか？　誰かが君の中に滑り込んでいやしないかと？　君や君やどの君も気づきもしないうちに？

（そして彼はボタンを押し、シャトルの背後の壁と僕の後ろの座席全てが吹き飛んで、落っこちていく。僕は剝き出しになった相対論的エレベータの後ろの端っこにくっついている。エレベータは光速の四分の一くらいの速度で軌道を突き進んでいく。ほんの一インチで靴の踵が純粋なエネルギーに触れそうだ。シャトルの絶縁がしっかりしていてよかった。外の現実世界はやかましく、摩擦と物が壊れる音でうるさく、ここからだと天球の宇宙的音楽みたいに聞こえるけれど、宇宙全体が建設中か建て壊し中か両方かの工事現場になったみたいでもあり、騒音はほとんど耐え難い。運転手は叫ぶこともなく、未だにかなり静かに話しており、僕はその声をナレーションみたいに脳内で聞く。

運転手が僕の首ねっこを摑む。脅かそうとするのではなく、支えるために。子供にするみたいに、首の据わらない赤ん坊にそうするように。彼の顔に思い当たるところはないが、僕にどこか似たところがあるように思える。僕より逞しい。ちょっと顔の毛が濃い。ＩＴサポート業につきエアコンの効いた部屋でのデスクワークの代わりに、実地にシャトルバスを運転して人生を送らなければいけなかったとしたら、こんな感じだったかも知れない。彼は僕の頭をしっかり摑んで前方に向け、外の世界を見せる。）

よく聞け。君は父親をみつけたい。違うか？

（僕は答えを絞り出す。）

うん。

じゃあ何が問題なんだ？

わからない。

自分の物語だろ。間抜けめ。

この物語が僕のものだって？

他の誰のものだって言うんだ？　君は『ＳＦ的宇宙で安全に暮らすっていうこと』の作者だろ？
いさぎよく認めた方がいい。

でもそれは僕じゃないんだ。未来の僕なんだ。

未来の自分、未来の自分。よく聞け。馬鹿みたいだぞ。君は君を誰だと思ってるんだ？　全てのバージョンを見渡せる君のバージョンがいたとしてみよう。そのバージョンは、一部のバージョンが別のバージョンを滅茶苦茶にして、軌道を逸らし、消し去ろうとしていると知っている。そいつはキーボードで打ち込まれた全てのキーの記録で、中途半端だったり消去されたり上書きされたりした全てのバージョンの記録だ。全履歴だ。我々自身の全構成要素についての全事実だ。我々は自分を部分に分割している。自分たちに嘘をつき、自分たちに対しても物事を隠す。君は君ではない。君は君が君だと思っているものではない。君は君が思っているよりも大きなものだ。君が思う以上に入り組んだ存在だ。君は君である君のバージョンの一つであるにすぎない。君が思うより君のバージョンは少なくもあり多くもある。百万のバージョンがあり、五千億ものバージョンがある。素粒子ごとに、量子コインがはじかれるごとに君のバージョンが存在する。この膨大な数の君を想像してみたまえ。君はいつでも君のためを思っているわけではない。それは事実だ。君は君の親友であり最悪の友人だ。君は君に本を渡して、これが君の人生だなんて言うやつを信頼してはいけないんだ。その人物は未来の君だったのかも知れないが、違うのかも知れない。君だけが、どうやってそこに辿りつくのかを知ることになる。何が必要なのかがわかるのも君だけだ。完全バージョンの君を想像するんだ。君の海でつくられた海から生まれた、完全に君である全き存在だ。それがわたしだ。そのわたしが言うんだ。君はたったひとつの君だ。わかるか？

いや、あんまり。

（すると彼は別のボタンを押し、僕のシートベルトが外れ、座席が壊れ、僕はシャトルバスから投げ出されそうになる。僕は前の座席の背を両手で摑み、必死にしがみつく。）

それから君のOSの件だ。もっと優しくしてやるべきだ。彼女のことを好きなんだろう？　なのに意地悪ばかりしている。彼女に告白するべきだ。まだそうできるうちにそうするべきだ。自分の人生に戻り、泣き虫の小さな子供を卒業するんだ。大人になれ。父親を探せ。彼に愛していると言うんだ。そして好きにさせてやれ。母さんのところへ行き、彼女の料理を食べて、美味しいと言ってやれ。そして、君が決して結婚しなかった相手のところへ行って結婚しろ。何て名前だったかな。

マリーだ。彼女は存在してないんだよ。

君の犬もそうだろう。でも彼のことを愛している。違うか？　こんな世界ではどんなことも可能になる。君は馬鹿だ。マリーと結婚しろ。家庭を築け。ハートを育てろ。二人になるんだ。

（彼は運転席から立ち上がり、僕のシートまで歩いてきて、正面に立つ。僕の頬を叩く。痛い。彼は僕のもう一方の頬を叩く。それから僕を赤ん坊みたいに揺さぶり、口に強くキスをしてくる。それはえーと、僕の中にかなりの動揺を引き起こす経験だ。近親相姦ってわけではない。彼が実際には僕とどういう関係なのかわからないし。奇妙な気分ではあり、どんな意味でも気持ちよくはなかったが、完全に気持ち悪いってわけでもなく、子供のときに一人遊びで練習したときのようなものだ。次の瞬間には、うん、僕は息をしていて、自分の口の匂いがした。素晴らしくはない。僕はよくいる熱い息で喘いでいるティーンエイジャーみたいに、熱い息で喘いでいるティーンエイジャーになっている。彼は言う。愛してる。全部君のためだ。そうして、さらにも一度僕の頬を叩き、ドアを開けるボタンを押し、僕を手荒くシャトルの外へとほっぽりだす。落ちていく。終わりはなさそうだ。僕はこんなのを物語になんてできるのかなと思う。落っこちていく一方の、物語に次ぐ物語にすぎない全ての物語なんてものが。）

（外だ。シャトルの外。僕のTM‐31の外。時制オペレータもない。文法ドライブもない。周囲にはなんの装置もない。ここは外だ。ここは外で、また別の体の中で、また別の壊れた宇宙のどこかだ。ある瞬間、僕は落下している。ある瞬間、また僕は落下している。でもこの外側、瞬間と瞬間の間からは、TM-31が電話ボックスのように見えている。シャワーブースみたいに。檻みたいに見える。ここからは、十年がどう見えるのか、あの妙な装置の中でその生活がどう見えるのか、自分が物事を進ませている我流のやり方が見て取れる。時間の中で自分がどのように永久運動を過ごしているのか、過去にせきたてられて、未来へ向けて自分を絶え間なく投射し続けているのか、手を伸ばしては今という欠片をつかみ損ねているのかがわかる。一瞬間、無瞬間、一息つき、頭から存在のノイズが消える。時間軸から一インチ上のここから見渡し、全てが明らかになっていくのを見ている。耳もきこえはじめる。本来の音、背景雑音の中の音を聞き分けられるようになってくる。生涯ずっと覚えておこうとした何かを思い出しはじめる。戻ってきたんだと感じはじめ、もう少しでその感覚で意識を包み込めるところまできて、すり抜けて逃げられてしまい、はじまってもいないのに終わりを迎え、ここのこの空間にはいられないのだとわかる。もうすぐ次の瞬間がきて、それは今ここで、こうしてその音の記憶の記憶の記憶は消え去ってしまう。)

(そして僕はまた落っこちている。エドが僕の隣を落っこちていき、僕らはTM-31の上面にぶち当たる。胸板が割れたかも知れない。おおう。なんとかハッチを開けて中に入る。ああ、タミーだ。ああ、エド。でもそのとき僕は目にする。記憶の回廊を。箱の連なり。終わりのない廊下。活動するジオラマ。天井もなく四方を囲む壁もない。父 - 子対立軸だ。もし線上のどこか一点に注目すれば、その記憶がはっきり蘇るだろう。力まずに全体として眺めるなら、感情や色や匂いや音に関する一般的な印象みたいなものが得られる。僕らは軸に対して直角に降下していく。そして軸に入り込み、記憶の中核部へと着地する。)

(module γ)

21

「あなたの子供時代に到着しました」タミーが言う。

エドは何か違う気配を感じとり、頭を持ち上げあたりの匂いを嗅いでいる。

「なんでシャトルの男は僕をここに落っことしたんだ？」僕は言う。


ＴＭ－31の外の景色は、どこかやたら広くてとても暗い水族館に似通っている。目の届く限りどちらを向いても展示用の水槽が見える。古代サメや発光クラゲの代わりにいるのは、僕一種類だ。九歳の僕。十四歳の僕。個人史博物館の閉館後のツアーみたいだ。僕らは、不安になるくらいお馴染みの記憶の中をひたすら流されていく。

「あなたは何をしているんです――」光景の意味を探ろうとタミーは問いを発しかけ、「あら」

この記憶は魔法に囚われたような、熱にうなされる夢のような、汗みずくの午後のものだった。父が積んでいた古い『ペントハウス』の山を見つけたときだ。そいつをみんな持って上がり、グラビアをそのポーズに到るまで記憶に永遠に刻みつけようとしたときだ。これ以上の掘り出し物はかつてなかったし、当然ながら、僕は一九八八年七月号の特別な活用法を編み出した。

「早くもあなたをよりよく理解することができた気がします」タミーは言う。

「うるさい、黙れ」

全てがこの回廊の中にある。良い記憶、悪い記憶、恥ずべき記憶、事故、ささやかながら勝利もある。それぞれの場面は、歳月という粘性を持つ屈折性の媒質を通して、海の底での暮らしのように沈黙の中で展開する。いくつかは薄暗くぼんやりしており、比較的はっきりとしているものもあるが、完全に明瞭なものは一つもなく、せいぜい、輪郭やそのときの気持ちや残響や受けた印象を深く暗い水を隔てて追体験できるくらいのところだ。

そこには僕らが、父と僕がガレージにいる。ここには僕らが、タミーと僕がいる。僕らはガレージに立っていて彼らからは見えない。僕らは彼らを、過去水族館の廊下に並ぶ防記憶素材でできたガラスケース越しに観察している。彼らがいるのと同じ部屋に立っているように見えるし感じる。若い僕と父のすぐ前にいる。彼らは僕を通すことなく、僕のすぐ後ろを見つめている。彼らの意識はタイムトラベルの理論に集中していて、目は未来に据えられている。ある意味では、彼らは「僕」を見つめているのかも知れない。それこそが父がガレージで過ごす間、彼の視線があらぬところに止まっているときに見つめていたものであって欲しい。家族としての僕らの未来を。つまり僕をだ。自分が何を見ていたのかわかっていなくても、僕を見ていたんじゃないかってことだ。何か無意識のインスピレーションとして、その時彼の抱いていたかも知れない感覚は、彼が未来に認めた不可解な何かに対する反応だったのだ。僕は、降って湧くように見えた彼のアイディアが、僕のTM-31の亡霊のような輪郭を見て、無意識的に獲得したものであればいいとさえ思う。何かこの種の未来-過去-記憶相互作用によって彼は、彼がまだ創り出してもいない、言語を絶し不可触でもある発明の構造と形態を認識したのではないか。何かの仕組みで、過去を記録する自分史博物館から何かを学ぼうとしていたのではないか。僕はここにいることで、彼の手伝いをしていて、何らかの意味で息子が彼の仕事のインスピレーションになっていたのじゃないかと思いたい。

僕は自分が、自分の心の中で、父の心の中で、アイディアであり、感情であり、希望であったと信じたい。

それか、むかつきや、不安な気配だって構わない。彼が僕を覗き込むとき、僕も彼を見つめている。

今僕からは、若い僕がエドがやるみたいにして空気を嗅いでいるのが見える。僕はようやく、鼻孔に蘇ったこの匂いを、人生の岐路に立ったときにいつも感じていたと気がついた。何か悪いことが起きるとき、機会が失われるとき、可能性が奪われるときの匂いだ。僕はこれを、鼻を殴られた時に感じるような、アドレナリンと自失の匂い、それを学習する際の生化学反応の匂いみたいな、失敗の放つ刺激臭だと考えていた。そうしてまた父と一緒に、世界が僕らの発明を欲していないことを嗅ぎ取ったのだと思っていた。

そして僕は、かつて個人的な失望の匂い、父の潰えた希望の匂い、恐怖そのものの匂いだと思っていたものが、本当は単に、父が自分の時間線から逃げ出す前に嗅いだ、タイムトラベルの副産物としてTM‐31から音もなく排出される金属イオンを帯びたオゾン蒸気の匂いなのだと理解する。

そんなことがありえるのか？　僕はどうしてここに来る羽目になった？　父を探してだ。自分の人生から逃走してみせた僕の父をだ。彼はそれまで誰もやらなかったことを成し遂げる方法を見つけたのだ。父こそが、僕がこのループから脱出する手助けをしてくれるんだろうか？

僕らが暗い来館者用の通路を進むうち、見えない学芸員が案内してくれているみたいに、一連の展示がそっと照らし出される。僕はTM‐31を、照らし出された通路へ導き、僕らの乗機は静かに微かに光る通路を滑るように進みはじめる。

プロトタイプ作成の最初の試作機は、ガタガタな寄せ集めだった。父と僕は、夏休みのあらかた、僕が中学校に入る前の三か月の休みをつぎ込んだ。僕らはそのプロトタイプをUTM‐1と名づけた。失敗作だった。

母と父はその夏、何週間にもわたる喧嘩をしていた。喧嘩の種は言うまでもなくお金のことだった。

お金そのものというわけじゃない。両親はどちらもその点質素なもので、手に入るもので満足していた。問題は手持ちがなかったことだ。お金で喧嘩していたわけじゃなく、その不足からくるストレスで喧嘩していた。二人とも、お互いどうにもできないとわかっていた。そんなことで喧嘩している自分たちが嫌だった。僕には見せないようにしていたけれど、僕は気づいていたし、両親も僕が気づいていると気がついていた。

特に喧嘩がひどかった七月四日の週末、母はついに限界を迎え、一時間ほどのところに住む離婚した姉のところに避難した。週末ごとに戻ってきては、クローゼットが空になるまでちょっとずつ服を持っていった。

母が出ていってからの二週間、僕は父と口をきかなかった。彼は出かけていったり戻ってきたり、僕に夕食を作ってくれたり、出来あいのものを買ってきては、僕の分をカウンターに置いておいてくれたりした。僕はバスでサマースクールに通い、帰宅後は午後から夜までずっとテレビを見ていた。彼は何も咎めなかった。父がガレージでプロトタイプの作業をしているのが聞こえた。まだ僕は数か月前、うちが貧乏なことを口にしてしまったことをきまり悪く思っていた。でも僕は壁の向こう側での喧嘩を全部聞いていたんだし、父が怖かったし、母に対して話すときの父の声が怖かった。普段はあれほど物静かで、特に僕と一緒にいるときには優しいと言ってさえいい父なのだ。僕は母さんっ子だったと思う。だからガレージには行きもしなかった。その代わりに、ソファに座って『スタートレック』の再放送なんかを観ては、何が起こっているのか気づいていないふりをしようと大抵していた。僕はいつだって母のそばにいたわけだから、彼女の側につくのが自然だった。

僕はここに、TM-31の中にこうして立っている。クローキング装置をオンにして、思春期前の自分がサンドイッチをつくるのを眺めている。記憶にある光景だ。

喧嘩がはじまると、僕は部屋に戻ってドアを閉め、アップルⅡ-Eを立ち上げたことを思い出す。記憶が一気によみがえってくる。僕は自分がBASICで、球体が宇宙空間中のアステロイドみたいにスクリーンじゅうを跳ね回るプログラムを書いているのを見る。物理をきちんと適用することはできた。簡単だった。僕に決められなかったのは、境界で何が起こるかだ。アステロイドは、スクリーンの端に辿りついたとき、方向を逆転させて跳ね返るべきなのか、真っ直ぐ進んで宇宙を回り込んで逆の端から出てくるべきなのかがわからなかった。

「かわいいじゃないですか」タミーが言う。『ペントハウス』の件でまだくすくす笑っている。

僕は自分がプログラムに熱中しているふりをしているのを、孤独なふりさえしているのを見る。リビングで何が起ころうとも、途切れることなく、波のように満ち引きし、剝き出しの叫びの爆発で中断される怒りの奔流をいつも聞いていないふりをしていたことを覚えている。僕は自分が、「僕は誰を騙そうとしているんだろう」と思案しながら座っていたことを覚えている。そこに座って、こんなことには毎日、もう何年も小さな子供の頃から慣れっこで何にも気にせず、傷ついたりしないみたいに。

こうしたことを考えながら、そうしてまだ何か理由はともあれ、スクリーンを見つめ、部屋で一人ぼっちのふりをし、自分を偽りながら、まるで誰かが上から僕を見ているみたいに、なにか全知の存在みたいなものが、俯瞰視点の観察者が僕を観察しているように感じたことを覚えている。僕がわかっていなかったのは、観察者は本当にいて、そいつは僕だったたってことだ。それは今のこの僕で、このタイムマシンの中から自分自身を振り返っている。

『SF的な宇宙で安全に暮らすっていうこと』より

TM-31型娯楽用タイムトラベル装置

個人用、私的利用向けの継時上文法的移動体の標準モデルである。

OSは若干気鬱に沈みがちであるが、一般的には親切であると評価されている。

製品名中の「娯楽用」という単語には注意が必要である。この語はハイフンつきとハイフンなしの二通りに読まれうる。「リクリエイション」の語が製品名に用いられたのは暗に、「リ-クリエイション」、「再創造」を仄《ほの》めかすためではないかとする者もある。

この発想は、現行の人間の記憶における神経的機構の理解と整合する。つまり、記憶を呼び戻すことは常に、ただ想起を行うのではなく、電気化学的視点からは、文字通り経験の再創造が行われているからである。

22

月ロケット打ち上げ。最初の旅。ぺこぺこのペットボトルロケットだった。ライト兄弟のテスト飛行だ。軌道はふらつき、放物線を描いて戻ってきた。重力的な性質を備えた現在を振り切って飛ぶことはできなかったってことだ。約一分というか、一分以下、多分五十五秒くらいのものだったろう。一度中に入ると外には出られなかったが、僕らがガレージに置いた鏡（冷却材をユニットの上部にとりつけるのに使った）を覗くと、そこに座っている自分たちがどんな風に見えているのかわかった。僕らは博士と間抜けな助手みたいに見えた。ガレージの中で、やっつけでつくった箱の横にいる二人の男。それは、金属板がドアみたいに二箇所で留められたただの木箱だ。ドアといっても開きはしない。

こんな風にして僕らはタイムマシンを造った。十四日間ぶっ続けの沈黙と『スタートレック』の再放送の後、その土曜日の朝、僕はガレージに降りていった。ボウルの中のシリアルを食べる間、父の作業を観察しながら突っ立っていた。僕が母さんの側についたことや、もっと早く降りてこなかったことなんかのもろもろについて、父が怒っているのかわからなかった。自分は父に対して怒りを抱いていたはずなのだと考えた。彼は一日中何も言わず、次の日も同じことが繰り返された。

その次の朝、僕は父が寸法を測り間違い、自分を罵り、部品屋に出掛けていくところを観察する行事の第三日目のために下に降りていった。今回はしかし、彼は僕に一摑みの釘を渡し、壁に立てかけられている金属板を示してみせた。

「金槌はそこだ」彼はまだ怒っているような調子で言った。僕もできるだけ怒っているような態度を装い、十歳なりに精いっぱい怒ってみせたが、結局は釘を一本また一本と打ち、間もなく夕食の時間になった。続く二か月間、僕らはほとんど常に沈黙のまま作業していた。話すのは、昼に何を食べるか相談するくらいだった。

夏の終わりまでにUTM－1は完成した。と、僕らは考えた。ガレージに立ち自分たちの発明品を見渡した。金属板が妙な形であちこちに突き出、上手く合わなかった表面には隙間があいていて、全体的なみすぼらしさが、いかにも手作りマシンって感じだった。

「動きそうには見えませんね」タミーが言う。「でも、頑張りましたね」

彼女は正しい。僕らは現在の瞬間を離れはしたが、その意味でこそ時間を旅したのだけれど、その他の点では失敗していた。僕らは小さなループを回ったのだが、マシンをコントロールすることはできなかった。現在から逃れることもできず、途中で停止することも叶わず、行って帰ってくるだけで、制御不能でスリップして百八十度回ってしまうみたいに、一分前に行き、また戻ってくるだけのことだった。でも一分過去に着くまでに、一分以上かかっていた。かかっていたのだが、この初航海にどれだけの時間がかかったのかさえ僕らにはわからなかった。僕らは腕時計も置時計も持ち込まなかったのだ。僕らは自分たちが目的地にすぐ現れるものだと考えていた。後に僕らは、SFの中でさえ、時間を旅するには時間がかかると知ることになる。テレポートの呪文も開けゴマもない。そいつがどんな乗物だろうと乗物は乗物なのだ。一定量の時空距離を移動するということは物理的な過程なのだ。それが形而上的、小説的言い逃れを使った移動であったとしても、物理的移動であるには違いないのだ。

これはそれ以前、全てがはじまる前、僕らが続く数年のうちに学ぶことになる全てを学ぶ前の話だ。他の人たちが継時上物語学にブレイクスルーをもたらす前の、僕が巨大コングロマリットに所属する修理工になるために勉学を捨てる前の、僕らがSF的な世界の基本的な地図を作る前の、父が失踪する前の話だ。

「いけてるな」父が言った。

「機体も大丈夫」僕は言った。わずかに振動しているだけだ。僕らはマシンが加速フェーズで共鳴周波数を引いてしまい、振動で分解するのではと、爆発してバラバラになり、僕らを何なのかいつなのかどこなのかもわからないところに放りだすのではと心配していた。

僕らはガレージにいて、ガレージのドアは開いていた。僕は思い出す。僕はTM-31をガレージのすぐ外、バスケットのゴールやゴミ箱のかげに停めているので、ここからでも見える。

「想像してみろ」父は言った。「止まることができたとしたら」時間の好きなところに止まることができたとしたら。僕らがたった今、このサブスペースで止まることができたとしたら、時間から出ることができたとしたら、そうしたら、どうするんだったっけ？

時間の好きな瞬間に止まることができ、人生を変えることができたとしたら。やり直せるとしたならば。

何ができる？　何をしようとする？　何を違ったやり方でしていただろう？　次に何をするとか、最初に何をするかとか、いつか何をするのかとかいう、ほんの小さな一歩であろうとつきまとってくる人生における日常的問題の代わりに、昨日何をするのかとか、去年何をするのかとか、全てをどういう風に正当化するのかという問題をも抱えることになる。僕らは分と分の間に、一瞬と一瞬の間にいた。僕らは木箱の中に、いつの何者なのかも不確かなまま座っていた。わかっていたのは、自分たちが移動中で、空間と空間、時間と時間の狭間におり、一瞬の間の何か間質性の空隙におり、僕たち二人だけで占められたサブスペースにいるということだけだった。

不定形で測定しようのない期間、僕らはそこに座っていた。自分たちの勘違い、間違った前提に気づき、明らかとなった事実に驚いていた。タイムトラベルには時間がかかるのだ。父は興奮のあまり機体を壊すところだった。発見の嬉しさにメインドアを両手でがんがん叩いたからだ。もちろん、と彼は言った。どうして気づかなかったんだ？　生きるってことはタイムトラベルの一形態だ。タイムトラベルは物理的な過程だ。そうでなければならない。処女航海に時計を持ち込むという発想はなかったが、ノートパッドと鉛筆と方眼紙のシートを四分の一ほど持っていくのは忘れていなかった。僕らは何か、計器の表示だとか、自分たちの抱いた印象だとか、体調だとかを記すべきだと考えた。でもその時がきてみると、動くことさえできなかった。互いの顔を見合わせるだけだった。父にはまだ怒りや憤りを抱いていたが、父が笑っているのを見ていられるだけときたからには、笑うしかなかった。そんな風にしている彼を見るのは、奇妙で落ち着かない気分だった。幸せにしている彼は変に見えた。それまで、そんな風になった彼を見たことがなかったからだと気がついた。家にいるときも、母の前でも、みんなで一緒にドライブをして車の中にいるときも一度もなかった。こんな父を見たことは。僕たちは科学していた。一緒に。ここで、この小さな箱の中で、残りの世界から隔絶されたこの実験室で。非時間時間、あるいは千秒かそれともほんの一秒かも知れない間、僕らはそこにいて、彼は幸せで、僕も幸せの一部を形成していた。この光景を見ていることに、何かを成し遂げたことで鳥肌が首の後ろと腕に立った。一世一代の「成功」だった。

技術的には、初回の試みは失敗だった。僕らは着陸することができなかったからだ。UTM－1をB地点に着地させることができなかった。その代わりに、ブーメランのような軌道を描いて、最終的に出発地点に戻ってきた。虚空を旅し、岩や穴やクレーターや、古代の灰色をした神秘的な僕らの月の裏側が見えるくらいに近づくことまではできたが、その上を歩けたわけじゃなかったし、それは初回だけじゃなかった。目的地に近づくにつれ僕たちは遅まきながら、マシンがいつどうやって止まるのかをコントロールする仕組みを全然作っていなかったことに気がついた。要するに、概念的着陸装置もなかったわけだ。出発地点に引き戻される直前には、僕らの描く弧の頂点で、宙吊りの宙ぶらりんの瞬間があった——運動が完全に停止する瞬間だ。相変わらず自由落下状態にあるが、速度はゼロだ——その短い期間に、自分たちを、過去の自分たちをよく観察することができた。ちょうど一分前の、飛び立つ前の自分たちを、この諸々を経験する前の、第一歩を踏み出す前の、何が可能で不可能で不可避なのかを知る前の自分たちをだ。自分たちを見て、他のみんながとうに気づいていただろう、明白すぎる事実に気がついた。僕らはまるで親子みたいで、傷つきやすく、怯えているようで、馬鹿みたいで、繊細っぽく、生き生きとして、前途には可能性が開かれているように見えた。

『SF的な宇宙で安全に暮らすっていうこと』より

ワインバーグ‐タカヤマ半径

物語工学の分野では、SF的な空間が、最低でもディラックの箱の単位平均準位にπを掛けたものに等しいエネルギー密度を持たなければならないという理論が確立されている。

しかし、ワインバーグ*とタカヤマ†によって個別に提唱された新しい予想が広く議論されている。二人は独立して研究を行い、互いに関する知識を持たなかったが、宇宙は語りの持続可能性を維持するために必要な条件を満たさねばならず、ある決められた最大サイズよりは大きくなれないという命題を発表した。この命題は、文学分野では、ワインバーグ‐タカヤマ半径（WTR）と呼ばれるようになっている。

簡潔に言えば、WTRよりも大きな半径を持つどんな世界も、最終的には散逸する。適切な初期条件を与えられたWTRよりも小さな半径を持つ世界には、統一感情共鳴場中に、真の語りを生み出す可能性が存在する。

＊ニュー・アンゼルス／ロスト・トウキョウ－2市立大学関連機関高等語用動力学研究センター教授。

†ロスト・トウキョウ－1帝国大学教授。シェン－タカヤマ－フジモトの排他率のタカヤマとしても有名。

23

戻ってくると、母が僕の名前を呼んでいた。結局彼女は伯母の家から戻ってきたのだ。ガレージの真ん中で時間に再突入したときにちょうど、文句を言いにきたのだった。声から察するに彼女は怯えていた。よくそうなるように、パニックの瀬戸際にいた。

処女航海から戻った着陸の際に、マシンは壊れてしまった。実際のところ、出発地点へ正確に戻れたわけでもなく、再突入からちょっとの間、火の玉みたいになって戻ってきたのだ。僕らは失われた時間のどこかに墜落した。運が良かったし、多分必然的なことだった。なぜかというと、それは同じ瞬間に二組の僕らは存在できないってことと、研究の前進を意味するからだ。でも物事はややこしくなった。

当時は理解できなかったが、彼女をこうして上から見ている今ならわかる。彼女はちょうど、僕らが突入してくるちょっと前に戻ってきたところだった。母は伯母の車を降り、トランクからはみ出したままの、破れていたり偏っていたりする荷物を取り出そうと奮闘した。彼女の表情を見て、僕にはわかった。感情のコントロールを失い、父に当たり散らしてしまうかもという不安が半分、以前の振る舞いとは逆に、目に無防備な愛を湛えた父が待っていてくれるかも知れないという期待が半分。

多分彼女は、ガレージのセメントの床のど真ん中に大きな穴が開いている光景なんて予期していなかったはずだ。ガレージの工具の半分は、マシン打ち上げ時の炎で焦げていた。天井はそれほど変色していなかったが、隅に積んであった新聞紙は盛大に燃え上がっており、古い掃除用の溶剤の缶の隣でオレンジ色の炎を吹き上げていた。

登場した母は荷物を取り落とし、ゴミ箱を蹴散らし、僕たちはどこにいるのかと名前を叫び、彼女がいつもそうしていたように最悪の事態を、破局を、我が家を襲う想像を絶する大惨事を想像していた。先読みによるパニックがどれほどのものかは、彼女が食料品店で買ったケーキを地べたに落とし、ストッキングが伝線して、ひどい髪型になっていることからもわかった。

そんなところへ僕らが帰ってくるわけだ。小さな僕と父とがだ。マシンはまたたきながら実体化する。この視点からだと、そのときは見えなかったものが見える。マシンから這い出る僕が母の目にどう映っているか。ちっちゃな、細い腕をした男の子、彼女の息子だ。父は母の目にどう映っているかもわかる。父はまだ装置の中にいて笑っている。マシンは父が出てきたちょうどそのときにバラバラになり、まるでコントみたいに見えた。今なら、どうして彼女が泣いているのかわかる。父は泣いていない。彼は強張った顔を母に、この状況に向けている。普段の僕ならその態度にいらついたところだったが、この時の僕は彼女がどうして泣いているのかわかっていないし、父と一緒になって十歳なりのやり方で顔を少し顰《しか》めていた。彼女はそれに気づいたんだと思う。彼女は僕を抱きしめる。化粧と涙で濡れてべたつく頬をこすりつける。そうして僕は、猫の柄がついたセーターを着た母を見つめ、考えている。「仲良くやろうよ、母さん、頼むよ。一回でいい。どうして父さんに、いつもとは言わないけど僕にこうしているみたいにしてあげないんだ」。彼女は僕の顔を見上げ、僕は自分がミニチュア版の父になったように感じ、母はさらに激しく泣きはじめる。僕は、彼女にも自分が泣いている理由はわからないんじゃないかと思う。学校でうちのクラスは、穴に落ちて脱出できない女性の話を読まされた。街のみんなは彼女を助け出そうとするのだが、ついに誰にも引き上げることはできないのだ。そうして結局一人また一人とその場を去っていってしまう。これは僕が雨に濡れた窓から外を見つめる人たちと一緒に、テレビでコマーシャルを見るようになる前のことだ。コマーシャルは何かの病気の薬を宣伝している。何なのかはよくわからない。脳の病気か？　心の？　魂の？　これは僕が、母を診断ボックスに押し込んでラベルを貼り、きちんとカテゴライズしてもらうことを学ぶ前のことだ。そんな色々のもっと前、僕がまだ彼女の泣き声を、生々しすぎて名づけようもないギザギザしたナイフみたいに純粋で強烈なものだと思えた頃のことだ。どうしてそんなに強烈なのか、どうして彼女がそうしなけりゃいけないのか、どうしてそれが父をあんなに苛立たせるのかを不思議に思えた頃のことだ。僕は今でも、母の涙は、何かであることと何であることができたのかの間にかけられた橋、何かであることと、それ以上の何ではなかったのかの間の、何かであることと決して何じゃなかったのかの間の橋のようなものだったのじゃないかと悩んでいる。そう考えても泣き声をましなものにすることはできなかっただろうが、筋道の通ったものと受け取るくらいはできたかも知れない。

タミーがピクセルの配置を変え、感傷的に鼻をすすったような顔をする。泣き出す用のサブルーチンを読み込み走らせ、少しくすんくすんとしはじめる。僕の母へ向けてだと思う。

そこにエドがおならをする。間が悪い。タミーはまだ泣いていたが、くすくすと笑いはじめ、僕も少し笑う。タミーは大きく笑いはじめ、勝手にクラッシュしそうになる。エドが今日という日を救う。これで二度目だ。

24

派遣元から電話がくる。

「なんだってんだ？」僕は言う。

「フィルです」とタミー。「留守電に入れてもらうべきですね」

「ほんとに？　僕に？　今？　なんてこった」

「そうじゃないです。あなたはタイムループにはまっているわけですから」

「だから言ってるんだって。いいか、今日は休み。頼むよ。クソ上司め。直接文句を言ってやる」

「駄目です。電話をとらないで下さい。わたしは彼がクソだと言ってるんじゃありません。わたしが言っているのは、あなたはタイムループにはまっているってことです。もしあなたが電話をとったら、毎回この着信をとらなきゃいけなくなります。いいですか、毎回この着信をとることになるんです。自己無撞着でいたいならそうなります。電話をとれば、繰り返さないといけない行動が増えてしまいます。そんな風にどんどん複雑になっていったらどうなるのかわかりません」

「ハインラインの名にかけて」僕は言う。「君がいなかったら、僕はどうなるんだ？」

「消滅しますね」彼女は言う。わずかに微笑みながら。


父が次のブレイクスルーを成し遂げたのは、僕が十六のときだ。

タミーが思春期の僕の体つきと、今現在の僕の不均衡な肉づきを比べる。

「あれ、あなたにも筋肉がついていた時期があったんですね」彼女が言う。驚いたらしい。

「やかましい。黙ってろ」

このときまでに試作機は、僕たちの番号付けルールに従えば、UTM－21まできていた。僕らはUTM－3、UTM－5、UTM－7、9、11、以下続行、を壊してきていた。奇数番モデルは何か新たなそれまでは未知だった原因で失敗した。僕らは何時間も何年もをここで費やし、アイディアを改良しようとしていたが、結果は単純だった。僕らはマシンを壊し続けた。何が原因かはすぐにわかった。わからなかったのは、何故かだ。

父が黒板に向かっていた。

「いいかね」父は言った。「我々は解決できる。我々は解決しなければならない」

他の何よりも、彼は自分自身を納得させようとしていた。僕は計画から降りる準備が、上の階に行き、家を離れ、自活する男になる準備ができていた。それかただのティーンエイジャーになるのだ。これ以上父を観察するよりマシな何かをする。僕はもう成長していた。父にはそれもわからなかったのか？　僕はもう何年か前から彼より背が高くなっていて、家族でいるにはでかすぎた。十歳の頃から僕らはこれにずっと取り組んできた。楽しかったけれど、だからなんだ？　マシンに関する父の計画はどうなっているのか。僕についての計画や、一家に関する計画は？

「更なる研究が必要だ」父は言っていた。「より多くのデータが要る」

彼の本業における軌道は既に明らかに窓際に接近していた。ましな一年がすぎた後、母は一定のパターンに陥っていた。色んな意味で母は退行しはじめていた。よりひどさを増した、とげとげしい、剝き出しな泣き方を開発して父を滅入らせ、自分も落ち込ませる新たな方法を習慣に取り入れさえした。金曜日の夜に自室へと退場していき、週末中出てこないこともあった。月曜の朝に再登場し、全てはまた正常に戻った。気安く、やり過ごしやすい環境だったが、僕は十六歳にして歳をとったと感じていた。僕はこんなことに、プロトタイプの山に、平行線に、行きつ戻りつすることに疲れていた。自分が二流に思えたし、事態がどこに向かっているかの予想はついていて、自分の未来から逃げ出したかった。

まだ一緒に暮らしていたこの年、僕らを家族と呼びうる最後の年のどこかの時点で、父の喋り方が変わりはじめた。同じように喋ってはいて、不愛想で、まるで僕がいっつも彼を怒らせる寸前みたいな話し方をした。でも、発言の内容や発する問いに、曰《いわ》く言い難い変化があった。僕はその一つ一つの中に別の問いが、丸められ、折りたたまれて隠されているのに気がついた。多分彼としても完全に意図的にそうしたのではないと思う。父の言葉が、テストでもゲームでも教育でもなく、何か別のものに変わった。より真剣でより本物になった。問いかけ、だ。

「何か間違っていると思うか？」父は一度、コントロールパネルに頭を突っ込んでいた僕に訊ねた。

「ニーヴン・リングに罅《ひび》がいってる。溶接しなきゃ」

「いや、違う。理論のことだ」

「わかんないよ」

「理論だ。わたしの理論だ。方程式のどこかで道を間違えたのか？　間違えているのか？」

父は世界についての僕の意見を求めはじめたのだ。彼は彼なりのやり方で、自分が知らないものを、自分を悩ませるものを、この国で、仕事で、街で、自分にストレスを与えてくる、万物の中心から近くもあれば遠くもあるものを受け入れつつあった。彼は僕に家族の一員になる気はあるかと訊ねていたのだ。彼を助ける者として、計算役として。

僕は自分が小さく、まだ準備ができていないと感じたことを覚えている。彼を助けなけりゃいけない。でも一体どうすれば彼を手伝うことなんてできるのか。僕は訊かれたことに怒りを感じ、彼は訊かずにいられなかったのだと反省した。もっときちんと準備をしておかなかった自分に、父が考えていたほどには才能に恵まれていなかった自分に、父が期待したようには育たなかった自分に怒りを覚えた。

我が家は帯電して、静電場化して、ある種方向性のない落胆に、不可視の等電位場に、先端の矢印で分を指し示す線に、滅茶苦茶に複雑な配置を持つ点状の欠損の集まりに、きちんと横に並んだ線状の配列と、縦横に並んだ点状の配列に、現在の定常状態から最終状態がすでに予測されている熱力学システムのヒートマップになっていた。

真夜中まで調子が上がらず、その時点で僕らは、黒板に九時間半向かい続けていた。寒かったが、そう言うと父がどんな反応をするか自信がなかったので、僕は口を閉じて、目だけは通りの向こうの、彼氏にキスをして一晩の別れを告げている隣人に向けていた。

父は懲りない人だった。そこに突っ立ち、数式を見つめ、何度も何度も書き直していた。シータ、ニュー、シグマにタウ。タウは変化しないんだ、と彼は言った。「意味がわかるか?」彼は微分方程式でいっぱいの黒板を示した。

「何の式かもわかんないんだけど」

「ああ」彼は言った。「すまん、我々は他の物体と衝突するだろうということになっている」

「ぶつかってるのかもね」と僕。

「不可能だ」彼は言った。「ただし……」

彼は宙を見つめて停止した。何か存在するけど見えないものが、彼の頭に浮かんだのだ。僕にはその閃きが見えた。彼の顔が明るくなり、目が見開かれ、顎が落ちた。そうこれが、彼が追い求めていたもの、ガレージでの苦行の成果だった。こういう瞬間の訪れが。一年に一度か十年に一度あるかないかのものだった。彼は苦痛とも歓喜ともつかない声をあげた。そうして僕を抱きしめた。チョークを宙に投げ捨て、手を打ち鳴らし、チョークの粉の雲ができた。父は飛んだり跳ねたりしてはしゃいだ。かなり馬鹿みたいに見えた。そうこれが、彼の愛してやまないものだった。科学だ。そうしてこれが見ての通り、父にとっての幸せだった。

彼は黒板の式を全部消し、新しいチョークを手に取ると書きつけはじめた。チョークを走らせ、チョークを折り、一分毎に歓声を上げ、興奮のあまり自分の頭を叩きだし、何時間も経ってようやく動きを止めたときには全身真っ白になっていて、指をすりむき、髪は額に貼りついて、汗が耳から落ちて目にも入っていた。彼は言った。お前だ、我が息子。お前がみつけたんだぞ、我々はぶつかっているんだ。我々はあらゆるところでタイムマシンにぶつかり続けてるんだ。彼は黒板を指さし、方程式と不等式と級数展開と漸近式の判読し難いもつれあいを示して、かすれた大声で説明をはじめた。

僕は彼の説明の全部を正確に覚えているわけではないが、その気持ちやアイディアは思い出せる。それが父をどこに導くのかも。僕らの方程式はシンプルでナイーブすぎたのだ。僕らはタイムマシンは何か特別な存在なのだと仮定していたから、タイムマシンを特殊例として、特別な変数について解けばいいと考えていた。彼は言った。家だってタイムマシンなんだ。部屋もだ。キッチンも、このガレージも、この会話も、あらゆるものがタイムマシンなのだ。今そこに座っているお前も、このわたしもだ。

誰もがタイムマシンを持っているのだ。誰も「が」タイムマシンなのだ。ほとんどの人のタイムマシンは壊れているだけのことだ。最も精妙で難易度の高いタイムトラベルは、自力航行だ。人々ははまり込み、ループに落ち込む。囚われる。それでも僕らは皆、タイムマシンなのだ。誰もが完璧に調整されたタイムマシンだ。技術的に、内部に搭乗者を乗せることができるようになっている。僕たちの内部に乗りこんだ旅行者は、タイムトラベルを経験し、喪失を経験し、知恵を得る。僕たちは、可能な限り特化されて設計されたユニバーサル・タイムマシンだ。僕たちのうちの誰もがだ。

『SF的な宇宙で安全に暮らすっていうこと』より

TM-31の事前準備手順

ユニットをあなたに特化させるために、以下の手順が必要となる。

1. 指にセンサーを装着する。
2. 視覚認知精神出力捕捉ゴーグルを装着する。
3. 横たわる。
4. 世界を眺める。

このプロセスは四十三から四十四秒を要する。この時間は体重や髪の色や、自己認識の度合いなどによって変動する。

準備が終わると、移動体はあなたに課せられているのと等しい限界を持つことになる。

あなたは物理法則を破る移動体をつくることはできない。タイムマシンにも同じ事情が適用される。あなたはどこにでも行けるわけではなく、あなたに許された場所に行くことしかできない。あなたが自分自身に許した場所にのみ行くことができる。

25

僕は十七歳だ。父は来週四十九になる。今日は彼の人生最良の日だ。

人生が弧を描くなら、今日がその頂点だ。弧は頂点を持つものだ。

僕らは街の裕福な側へ向かう車の中にいる。

「緊張してるんですか」タミーが言う。

「運命の日なのさ」タミーに答える。

僕らは、重要な人物に会いにいくところだ。概念技術研究所の所長だ。ゲートの向こうに、光を照り返す黒いビルが建っている。大学通りの行きづまり、街から半マイルいった丘の上にあり、研究者たちが難題に取り組んでいる。中でも重要とされているのは、SF世界を崩壊させるパラドックスを避ける方法なんかだ。父が憧れてやまない人たち。今日の面会相手は特にそうだった。父が切望するポジションにいた、あるいは今もいる人々。彼らは毎朝こういう門まで車で乗りつけ、警備にIDバッヂを見せてセキュリティ・チェックを受ける。ゲートが開かれ、彼らはその場をあとにする。壁の中へ、世界中で百人の人間しか知らない秘密と一ダースほどの人間にしか理解できないアイディアを守る城へと入っていく。

今日がその日だ。父の人生における唯一の栄光に満ちた日だ。人生とキャリアの半分をかけて待ち続けた、彼のための瞬間だ。今日は、彼らが父に、話を聞かせてくれと電話をくれた日だ。彼らの世界、カネや技術、SF的な商売やらの見栄えでできた世界の外の世界だ。電話のことを覚えている。ぎこちない最初の周回飛行のあと、父が自分のやっていることを完全に理解するまで（自分のやっていることを完全に理解することは決してできないと理解するまで）のどこかで、誰かの注意をひいたのだ。彼らは彼をみつけた。軍産物語娯楽複合体だ。彼らは父のアイディアを知りたがった。これは父が夢見た日で、僕でさえ夢見ていた日だ。これは長年共有されてきた夢の雲が我が家の大気を満たした日だ。人生の最後にひとにぎりの日々を思い出すとしたら、間違いなくこの一日になる。

ガレージでの新発見の日のあと、父は科学者として返り咲いた。気鋭の起業家としてさえ。夫としてもだ。全てが上向きだった。つまり、父は成功したのだ。それが僕らの物語だ。しばらくの間、僕らは成功を収めているように見えた。何の成功であれ。何を成し遂げるにしろ。父は成し遂げつつあり、家族も、母と父も成し遂げつつあった。彼が物音を立て、世界がそれを聞きつけ、世界がついに父に注目した。彼が思い描いていたように、それはカネと一緒にやってきた。より正確には、カネの約束と一緒にだ。カネ以上のものだ。名声だ。名声の約束と彼の謎めいた風貌、彼を取り巻く知的な謎、発明家にして先駆者にして科学者。彼は自分の名前が金融業界誌に載ることを、ライバルや追随者が彼は何をやっているのか、どんな方法を使っているのか、どうやってそんなアイディアを得たのかを言い交わしている姿を想像した。父は彼が仕事を辞める時に同僚たちがどんな反応を示すか、そしてその一か月後に、彼らが何を逃してしまったかに気づき、もう取り返しなんてつくはずもなく、自分たちがここ数年いかに彼を無視し続け、彼をパーティションでできた小部屋の中に押し込んではんのささやかな昇進しか与えずにいて、彼の素晴らしいアイディアに耳を傾けさえもしなかったことに気がつくのを想像していた。

僕は興奮している、希望に満ち溢れている。僕はこの全てがひっくり返ることを知っているし、今日から先に何が起こるのかも知っている。それでも僕はまだ希望を感じている。自分を眺め、そういう風に感じることをどう感じたか思い出している。父は母に何かいいものを買おうとか、みんなでもっと大きな家に暮らそうとか喋っている。

僕らは近所の公園で待ち合わせる。街の裕福な側の真ん中にある公園で、街のこのへんの地域でしか見かけない写実的な芝と広域でレンダリングされた環境日光に恵まれている。こっち側には僕らの学校がどんな競技だろうと対戦したことのない私立高校がある。その私立高校は小さすぎるのだ。フットボールの試合ができるようなグラウンドさえない。ディベートのクラブはある。生徒用の駐車場には、大きくて新しい車ばかりが並んでいる。このあたりは家も大きく、歩道はきれいで、空気も澄んでいる。

この種のアッパーミドルSF地域では、住民は手の込んだ見栄えのする現実を好む。

「お父さんは」タミーが言う。適切な言葉がみつからないらしい。

「幸せそうだろ」

「いえ」彼女が言う。「そうじゃないです」

こういうドライブのとき父はよく、一人で気もそぞろになっていた。もっと前、九つか、もしかして七つか、ひょっとすると五つになる頃には、僕にはもう見てとることができたので、というのは、既に継時上物語的観察を行う能力を備えていたのだ。僕は時空の自発的乱れや、多様体におけるほんのわずかな変位や、家の車の内部空間における意識的な配慮のベクトル場を感じ取っていた。

でもこの日、この父にとっての記憶すべき日には、父は完全にこのフォードLTDステーションワゴンの中にいるみたいだと感じられたし、父は車を恥ずかしいとも思っていないようだった。その事実は僕にもほんのちょっとの間とはいえ、車を恥じないでいる力を与えてくれた。

僕らは先に到着し、公園の野球場のダイヤモンドのそばに駐車して、ワゴンの後ろを開ける。

気をつけろよ、と父が言う。僕に言っているようでも自分に言い聞かせているようでも誰にともなく言っているようでもある。

車を乗り入れ、駐車し、車から降ろそうという頃には、父の様子は幸せから緊張に変わっていた。

父は歯を食いしばる癖をかなり強めに発揮している。痛いんじゃないかと思う。僕らは慎重にマシンを運ぶ。ちっちゃな赤ん坊のように駐車場からダイヤモンドまでをよちよちと歩く。馴染みのない場所で強烈な日差しにさらされている環境下では、ほとんど無限に近い距離に思える。父はぶつくさ言う以外は口を噤《つぐ》んで、歩調はちょっと速すぎる。僕が手を滑らせるので、二度ほど止まることになる。陽光に晒され立っている間、僕はおそらくはじめて、父が大人の男なのだと認識する。人間の成人男性だ。彼の肉体。彼の汗まみれの肉でできた体。

父の髪はとても黒く、頭部全体を分厚く覆い、強烈な印象を放っている。あまりにも黒すぎて、当時は気づかなかったが今思うと、髪を染めていたのだとわかる。父は歳だ。老人じゃなくて五十にもなっていないし、大抵いつも腕や脚や背中には力が感じられたし、半世紀ものの小柄な骨組みの中には、ぱっとしない十七歳用の服がかかったハンガー役の僕の体が抱えているよりも多くのエネルギーが蓄えられている。父は髪を右に分け、横の髪を櫛で撫でつけて流し、汗のしずくが髪の生え際を顔の左側に伝って眼鏡のところまで、銀色で金属光沢を帯びた真四角に近いフレーム（技術者に人気の、上の辺が長い台形型だ）を持つ眼鏡のつるがこめかみの皮膚を押さえつけているあたりまで流れている。僕は何で眼鏡があんなにきついのか、なんでもっとマシなものを買わなかったのか不思議に思い、父がこの眼鏡を郵便物集配所とアイス屋の間の店の棚から選んだことを思い出す。一番安いフレームだったし、全額保険が利くってことで決めたのだ。

父の皮膚にはたるみがない。健康を心がけ、酒は飲まず、肉はほとんど口にせず、野菜と米と魚を主に摂り、ガレージや庭や家の周りで体を動かして鍛錬していた。その必要があったからで、娯楽のためではない。唯一の悪癖は僕が寝たあと、ほんのときたま裏庭で隠れて煙草を吸うくらいのものだ。一度出くわしたことがある。わざとではない。ある晩遅くに冷蔵庫に行こうとしたら、裏庭に父が座っているのが見えた。野外用の白いプラスチック製の椅子に座って空を見上げていた。彼は別に隠そうとしたわけではないが手を下ろし、彼の後ろから煙がリボンのように立ち昇り、頭の横で雲になっているのが見えた。父はただ、笑いもせずに僕を見つめ返した。でもいつもの顔とは違っていて、夜になって父の仮面を外していたところで、一度だけこの時だけ、仮面を着け直そうとはしないで、仮面なしの素顔を見せようとしたみたいだった。僕は、父の何を考えているかわからない顔、ひしゃげた顔、疲れ果てた顔を見たことがある。打ちのめされた顔、一種の諦念が漂う顔も見たことがあった。でもこの顔とは違った。

所長はリンカーン・タウン・カーに乗って現れる。僕らはピッチャーマウンドの投手板から少し離れて二塁ベース側に立っている。父は緊張のあまり、僕に、高校三年生で子供で物理でBをとっているこの僕に、代わりになって欲しがっているようにみえた。所長は彫りの深い禿げた男で、ネクタイを父にも僕にも到底結べそうにないやり方で幅広に、襞をうまい具合に入れて左右対称に太結びにしている。シャツには生地の色とは違えて、カラーと合わせたカフスがついている。父のシャツにはカフス穴なんてないし、シャツのポケット用の小物入れも持っていなかったが、父はシャツを、五フィート四インチの体格には八分の一インチ足りないスラックスに突っ込んでいて、有能できちんとした完璧なエンジニアに見える。所長は父に手を差し伸べ、僕に丁重に頷きかけ、それから驚いたことには僕とも握手を交わす。

「わたしどもにアイディアがあります」彼は父に言う。「あなたのアイディアについてのアイディアです」。僕は理解する。うわあ、もうはじまってたんだ。うまくいきっこなんてない。彼の話し方、立ち方、ネクタイ、カフスボタンで留められた袖口、明瞭で威厳を帯びた話し方、父に敬意と尊敬をもって接する様子。そうして同時に、僕らにチャンスを与えるのは彼だと、実際そのとおりなのだが、恩恵を施そうとしているという印象を与えようとしている。まるで僕らが何も知らない素人で、屋根裏部屋のブーツの中から珍しいコインを見つけたか、偶然の幸運のおかげで小さな裏庭から先カンブリア時代の化石を掘り当てたかしたみたいに。僕らの計画、僕らのノート、僕らの大学指定の八インチ半かける十一インチの作文用紙の三穴バインダー、僕らの一センチ角の明るい緑色の方眼紙、未完のプロジェクトの全て、何が彼の気を惹いたんだ？　成功は一つしかなく、それも半端な成功だ。そりゃあ、僕らはここにいる。この人も僕らに会いにきている。でも物事の大局からしてみると、僕らは些細な存在なのだ。僕らは、たった一つの可能性を除けば敗者にすぎない。この人物は世界を変革するような技術の特許をとり、研究室の机に座ったままであらゆる産業を産みだしたのだ。その気になって一か月を費やせば、僕らが十年かかった仕事をよりまともな科学的主張にできるのだ。僕らがようやく導き出した最良のアイディアよりもすぐれたアイディアだって放置したままにしてるんだろう。

「彼はまるで……」タミーが口を開く。まだ自分が何を考えているのか見当がつかず、なりゆきを見守ることにして、ピクセルでできた表情を僕と一緒に固くしている。

で、僕らは何を成し遂げたのか？　僕たちはこつこつとゴミに次ぐゴミ、紙ゴミに次ぐ金属ゴミに取り組んできた。僕らは職人として取引を持ちかけたが、これは取引なんてものじゃなく、ささやかな趣味の発表会で、物珍しいだけなのだ。そういうことだ。まだ何もちゃんとやり遂げていない。僕らは、ちょっとは興味を引く夢を持つくらいに長いこと夢にはまりこんでいた夢想家なのだ。こんなんでうまくいくはずがない。僕は何かのレベルで知っている。これが僕らの姿で、世界と関係しているときの僕らだ。図示化するなら、父と僕はとても小さく、世界はとてつもなく大きく、僕らと世界の間には障壁がある。僕らは慎重すぎ、堅物すぎ、四角四面で、鈍くさいのだ。世間知らずだ。この事情は僕たちにいつもつきまとう。

この人物はでも、状況を理解している。紳士だ。彼の礼儀正しさ、丁重さ、親切ささえ、僕に小ささを感じさせ、父を小さく見せ、僕らの家庭を取るに足らないもののように思わせる。彼には優しくなれる余裕があるのだ。今まで僕が経験したこともない何かの余裕だ（それは僕がもうすぐ大学で知るようになる何かだ。アッパーミドルクラスの級友たちの持つ、見たこともない上質なシーツ、速いコンピュータ、僕の半分空の引き出しに畳まれている既製品のカーキ色の服なんかとは大違いの、椅子の背にさりげなく放られたり床に山になったりしているおそろしく高価な服。そんな級友たちが僕を逆撫でするやり方でどれほど真面目に、親身になってくれるのか、彼らがどれほどのびのびとして見えるか、SF的な宇宙の中でSF的な国家の中でどれほど気楽な存在なのか、どれほど僕に完璧に公正に敬意をもって振る舞ってくれるか、彼らが出身地を訊くときには両親のではなく僕の出身を訊き、彼らはエチケットとマナーを備え、政治的繊細ささえ持ち合わせているのに、僕は、僕を苦しめるその素晴らしさに一言も返事をできたためしがなくて、一年度二学期の文学の授業で「ノブレス・オブリージュ」という言葉に出くわすやいなや、恥ずかしさのあまり授業中のその場で上気し、こめかみと耳が血で熱くなり、その言葉に赤面し、まるで冗談みたいに、全てがまるで冗談のように、僕と父に何年もの間しかけられていた冗談のように、もっと前に知っておきたかったジョークのように思えた)。この所長、プロ中のプロであるこの人物には僕たちを真剣に相手にする余裕がある。彼は実用的知性、物わかりの良さの持ち主だ。父と僕は決断力に、自信に、自らの考えを他人に、機を見て環境に応じて広めようとする意志に欠けている。物事を手順に従い進める意志に、自分たちの欠点を堂々と無視する意志に欠けている。僕らは口やかましい内なる批評家、編集者、共著者に対して自覚的に耳を閉ざし、全然役にも立たないことを試みていると理解するのを保留していることに自覚的すぎるのだ。僕らはこの所長とは違う。この人物にとって、世界は謎ではない。その世界は石でできた球体だが、そこにはレバーがついていて、彼はいつどこにどうやって適切な力を加えるとその石を好きなように動かせるかを知っているのだ。その間、父と僕は、角度もトルクもわからずに手がかりも取っ手も梃子《てこ》もなしに、岩の動きを止めようとしている。父は、成功は支払われた努力と直接的に比例しているに違いないと考える。最少の努力で最大の成果を得るにはどこでどうすればよいかは知らないし、秘密のボタンや隠しドアや黄金の鍵がどこにあるのかは知らない。彼はもしすごいアイディアを思いついたとしても、そこから抜きん出て勝利を手にし、陽の下へ喝采の場へと躍り出る前には、試練や苦難、間違いに失敗、魂の暗い夜、辛い仕事、砂漠で耐える時期、休耕期、閑散期、沈黙期、必死さと不満に満ちた苦役が必要だと考えるのだ。父はto-doリストをつくり、計画を立て、ビジネスプランを練る。いつもまだ何も書いていない方眼紙を前にして、そうやってはじめるのが彼のやり方なのだ。僕らは箇条書きをつくる。僕らは更に研究しなければいけない重要領域を特定する。僕らはその領域をどのように調べるか考えだす。僕らは手探りで進む。僕らは彼の定めた研究領域内で作業する。僕らは熟考する。僕らは足元を見つめる。僕らは天井を眺める。互いに話しあい、世界を創造する。小さく、人工的で形式的な空間を創造する。白紙の束の上に、ルールや原理やカテゴリーやアイディアを記していく。こうした全ては、外の現実世界とは完全に何の関係もない。僕らは実際には何もしていない。彼は何かを書いては線を引いて消し、戻ってはまたやり直す。世界は常に彼の手の届くちょっと先にある。商業の世界。状況的に競争的に厳しい実践と言葉と人を押しのける肘とスピードの有利さを持つ人々の世界。父には速すぎる世界。それでも父は決してやめようとしないだろう。この日が過ぎても、何年も続けるだろう。もし父が他の本を読んだなら、鍵を、秘密を、世界を、解き明かしたら、約束事と可能性に満ちたSFの世界が彼に、僕たちに、僕たちのために開かれるだろうと考えながら。

これがその時か？ それが起こった日か？ 父はゆっくりと話している。所長は父に質問し、距離を置いてマシンを眺め、父の話を理解しようとしている。僕には彼が何を考えているのかわからない。彼は既に混線や誤配線、設計上の基本的な欠陥などの問題点に気づいているのかも知れない。それとも父のゆっくりとした語りにただ耳を傾けていただけかも知れない。僕が横から仄めかしを入れたくなる、ゆっくりすぎてよく問題を引き起こす話し方だ。所長が父を眺める目は、少しいぶかしげで、ちょっときまり悪そうで、辛抱強くこそ見えたが、その忍耐が永遠に続きそうには思えない。僕らは全然全くうまくやれそうにない。でも彼はまだここにいて質問を続けていて、父はそれに答えており、所長は頷き、微笑みさえ浮かべ、彼に向けられる語りを可視化しようと目を細めてさえいるわけで、僕はもうこれから何が起こるのか知っているのに、興奮を抑えられず、父も同じように感じていることがわかる。もし人生の最期に数日を思い出すことができるとするなら、今日はその日のうちに入る。これは、父がいつもなりたがっていた全てのものでいられる日だ。僕がいつも父にそうあって欲しかった全てのもの。普段の彼はそうじゃなかった全てのもの。でも多分これが本当の彼なのだ。きっと僕らは本当の自分にならないまま、ほとんど自分自身にならないままで人生を送るんだろう。僕らは誰か別の者であるために、自分であるのを避けるために数十年を費やしたのかも知れず、人は全人生のうちほんの数日だけ自分自身に、本当の自分になれるのかも知れない。

父が所長に彼の計画、僕らの計画を話しているのを見ている間に、僕は父を心配するのをやめる。彼は正しいことを正しいやりかたで語っており、今僕は父を疑ったことや、握手する際に所長へ向けて無意識的に、自分たちには価値がなく彼の時間をとってしまうことを前もって謝る意味で頭を下げてしまったことを恥ずかしく思いはじめている。僕は自分が恥ずかしくなっている。人生で繰り返してきた自分の頭の下げ方に、文字通りでもそうでなくとも、父のために自分のために家族のために繰り返してきたそのやり方が恥ずかしくなっている。僕はずっと前にこんなことに気がつかなかったことや、機会を浪費してきたことに、ものほしく思えるあまりに見下してきたやり方に怒りを感じる。もっと準備してさえいたなら、もっと心得ていたなら、一緒になってやっていたなら。今の自分たちじゃなく、どうにかしてマシなバージョンの自分たちでいられたなら。父が僕に、自分の息子に、その目の中にどれほどの何百何千もの実例を見る羽目になったのかを理解して、僕は自分に対する怒りを覚える。彼が哀しみと不全感を僕に見てとらなくてすむように、僕がもっと父を信用していれば、僕が父よりも楽観的だったら、父が見るように世界を見ることができたなら。僕は父を失望させてきた。数えきれないほど失望させてきた。僕は十七歳で十七歳はそれほど歳なわけじゃないが、父を失望させるにも彼を手助けするにもしないにも、腰抜けになるにもそうできたしそうするべきだったのに彼を守らないでいるにも十分な歳だ。十七歳は年寄りじゃないが、父を傷つけるには充分だ。

そして今、僕は誇りを感じており、誇りを感じることに罪悪感を感じることに馬鹿馬鹿しさを覚えている。なぜって僕はこの時、時期を失した不当で不相応な誇りに煩悶している代わりに、彼を手助けするべきだからだ。父は今日に至ってもなお、僕が完璧なのかまだ疑っている彼の理論を説明している。彼は説明しており、それは終わりかけている。僕は彼の息子だ。所長は僕たちをこうして招き、ともかくも僕らは彼の時間に価するのだ。

「要請される時制化された情報が」父が聴衆二人へ向けて、もしかして自分自身に向けても解説する。「ここでの鍵になります」。自分たちの現在以外のどこかの時点の情報をどうやって入手するのか？これがある晩、わたしが研究室で発見した、鍵となる洞察でした（僕：父さんがみつけたって？）。息子がベンチテストをしているのを眺めていたときに思いついたのです（僕：僕のこと言ってる？）。

所長が質問で遮る。そういったことの何が、タイムトラベルと関係あるんですか？

いい質問です。いつになく洗練された調子で父が返す。所長は更に興味を抱いたようだ。父は人類はその記憶の構造により、時間の間隔を知覚するのに優れていると説明する。我々はみな範囲や規模やサイズや単位や構造や順序といったものの直観的な理解と、時間の間隔を組織化し情報処理する生得の能力を持っているのです。

「タイムトラベルの鍵となる問いは」父が言う。「こうです。我々はどうやってある出来事を、過去の出来事の記憶としてではなく、現在生じているものとして認識するのか？　我々はどうやって現在を過去から区別しているのか？　そうして我々はどうやって、覗き窓を通じてみるしかない現在という無限小の窓を一定の速度で動かしているのか？　我々はなぜ、遠く離れた雪を冠する山脈を見ることが、離陸する飛行機を、月を、太陽を、星を見ることができ、一瞬前に起こった出来事や、ひと月前の、一年前の、三十三年前に起こった出来事を見ることはできないのか？」

所長は頷いて微笑んでおり、父はわずかに微笑み、僕も微笑むことにする。

「おそらくは生存のためにそうする必要があったのでしょう。食糧採集のため、サーベルタイガーから逃げ出すため、急流の険しい岩を渡るため、泣きわめく幼児の面倒を見るために、我々は集中する必要があり、今何が起こっているのかを知る必要があるわけです。言ってみれば、我々の時間を理解するという身体的能力は生存に有利な特徴をあらゆる面に渡って選別する淘汰圧によって磨かれてきたのです。時間認識も例外ではなく、特殊例でも魔法でも神秘的な事例でさえないのです」

次の段階に移る前に父は僕を見つめ、笑いかける。「わたしはそこに目をつけたのです。我々が現在を経験しているように過去を経験することができないという厳密に論理的な理由が存在しないなら、そのような能力を持つように自分たちに脱訓練、それとも再訓練を施すことができるのではないかと。言語や生存率の計算や論理を司る部位が畳み込まれているように、我々の脳葉のどこかに、おそらくは脳の構造として（少なくとも我々という種においては）長らく休眠状態にある、時間を違った風に感じ取る能力が存在するのではないかと」

所長はここで、父のしようとしている指摘に眉を持ち上げる。タイムトラベルは外部に、チタニウムやベリリウムやアルゴンやキセノンやシーボーギウムを用いて技術的に構築されるのではなく、修練による精神的能力なのだ。

「我々は世界に関する、現在一時的に中心的となっている信念を進化させてきました」父は言う。「言ってみれば局所的に正確な信念です。しかしこの場合おそらく、局所的な正確さは獲得するに値する終着点ではないのです。我々は現在を認識しますが、過去は想起する。逆にすることはできません。明らかに現在を想起することはできない。できますか？　デジャ・ブという経験があります。どのようなものか？　経験者によればとても奇妙な経験であり、一般的には過去の経験を正確に今経験しているという確信を持つ感覚として知られています。同一の経験を、細部の細部まで、内部のクオリアに到るまで繰り返すことができるというアイディアは、とても奇妙なものです。心という厳密に内部に存在する構造や感情意識の構造といったものが、驚くべき精度で複製されるというのは、落ち着かないものです。しかし事態はもっと奇妙なのです」

僕は父が何を言っているのか知っている。僕はここに立っている。野球場にだ。僕は以前にこれを経験している。でも正確に同じではない。

「我々は現在を経験し、過去を思いおこします」父は続ける。「我々は現在を思い出すことはできません。デジャ・ブと呼ばれる、現前する記憶を除いては。もし我々が現在を思い出すことができるなら、何故過去を経験できないのです？　どんなマシンが必要なのか？　これです。息子とわたしが設計した、この認知エンジンです。たとえどこへであろうとも、あなたの精神に作用します」

タミーは父の表情をどう呼べばいいのかわかったと言う。僕は彼女に黙れと言う。なぜって今日は僕らの持った日々のうち、本当に一回きりの日だからだ。素晴らしい日だ。素晴らしいだけじゃなく、本当に素晴らしい日になるのだ。弧の頂上での短い時間、僕らの体重はなくなり、弧は全然弧じゃないみたいに、僕らの眺めていた場所へ、そこに狙いをつけていたわけじゃなく、狙いをつけるなんていうのも怖いような、でもこっそりと眺めてはいた別の人生の軌道のように、高みへと真っ直ぐ続く弾道のように思える。その時僕は多分、自分たちがこのSF的な宇宙における生活から、物語から、継時上物語学的場から、物理的な力から脱出できるかも知れないと感じていて、経路から形から制限から拘束から、不可視で不可触だけれどかえって何者よりもリアルなものから、僕らの乗っている放物線から、僕らの関数の横に浮かんでいる方程式から抜け出すことができるのかも知れないと思っており、父は多分やり遂げたのだと、ゆっくりと何日も何週間も何年もかけてゆっくりとそしてまた一瞬のうちに、この公園の芝の上での輝ける一日、熱気に満ちたこの瞬間を迎えたのだと、僕はこの感覚が馴染み深く、以前にも経験したものであることに気づきはじめる。

「彼は上手くいかないことがわかっていたみたいに見えます」タミーが言う。とうとうその瞬間に、僕は父の表情にそれを見て取る。彼女が言っているものを見る。それは僕が感じていた脱出への自由ではなく、重力からの解放は実際、秘かに脱出不可能性を示している。弧の定義上の特徴であり必然的に存在する頂点である最大点にいる短い時間、僕らが頂点を謳歌してから落下していくまでの重力からの解放は本当に、ほんの一秒、十分の一秒、ほんのミリ秒にすぎないのだ。

失敗は容易に測定できる。失敗は出来事だ。

無意味さは測定し難い。非出来事なのだ。無意味さは這いより、ゆっくりと正体を現し、希望を見せて惑わし、そうしてある日、あなたが見ていないうちにドアの前に、机の上に、鏡の中に現れることになる。それか、現れない。無意味さはそんなところにはいないのだ。無意味さは全ての欠如だ。ある日、あなたが見ているうちに、見ておらず、誰も見ていない。あなたはベッドに横たわり、もし今日ベッドから出て外に出ていかなくとも、ほとんど確実に誰も気づきやしないだろうことを理解する。

あなたの人生の軌道がピークにぶつかることが痛ましい部分なのではない。痛ましい日はもっと早くにくる。物事が下り調子になる前にくる。物事がまだ調子を保ち、調子良くさえあるとき、まだ問題ないときにくる。まだ自分は上り調子にあると考えているときにやってきて、あなたはもうこれ以上速度が得られないことを感じている。背中を押していたものはいなくなり、そこから先は慣性で進んでいくのだ。惰力走行だ。手持ちの運動量が全てであり、まだ先はあるはずで、更なる高みに上がりもするのだが、ついにそれが目に入る。頂点だ。あなたの人生最良の日。それはそこにある。あなたがそのくらいはあるだろうと思っていたほどの高みにはなく、早目に人生に登場するし、あなたのいるところからそう遠くないところにある。驚くほど近くにある。天井があり、限界があり、ベストなシナリオがあり、あなたは今それを生きている。十歳の夕食の席で両親の顔にそれを認めても理解できない。十八歳にもう一度見て、何か理解するべきものがあると理解できる。二十五のときに見て、それが何なのかわかる。

公園からの帰りのドライブで最悪だったのは、僕らが喋らなかったことではなく、それならまあいい。問題ない。起こったことに比べればマシだったと言える。最悪だったのは、父が幸せそうなふりをしていたことだ。彼はラジオをつけ、僕にどんな曲を聞きたいか訊ね、ラジオの曲が何なのかを訊き、これが最悪の部分なのだが、曲に合わせて歌おうとさえした。僕は何が起こっているのかわかっていたが、父はひどく長い間それを続け、狂ったように歌い、笑ったので、僕は彼の頭の中のパイプが破裂したか、クリティカル・ヒットの圧力か力が彼の感情を司る機構にダメージを与えたのではないかと推測した。

父は車の中で、大丈夫なふりをし続け、しっかりしているふりをし続け、吹きつける風や人生や闘争に打ち負かされてなんていないように、彼の裡なる何か、内側の繊細な何事かの最後の欠片が、何百もの小さな破片に砕かれてしまってなんかいないふりをし続けていた。

僕は自分が真っ直ぐ前の道を見つめ、懸命に父の方を見ないようにしているのを眺めており、頭の中では既にあの出来事を再生している。

「なるほど」所長は言った。「ではあとは一つだけです。動かしてみせて下さい」

父と僕は互いを見交わした。打ち合わせ通り、彼が中に入る。彼はスーツのジャケットを脱ぎ、僕に手渡す。僕はその瞬間が儀式的な雰囲気を帯びることを期待して、ジャケットを腕にかける。父はジャケットの下に半袖のシャツを着ている。所長は妙に思ったとしても顔には出さなかった。父さんは小さく見え、肩がちょっと落ちている。彼は頷き、そしてハッチを閉める。

僕は自分が考えているのを観察している。「ガレージにこもったままでいるべきだったんだ」。僕は彼がそう考えるのを観察していて、僕自身も今そう考えている。僕らはどうしてそこに、僕らの研究室に、僕らの空間に閉じこもっているだけでいられなかったんだろう。僕らは安全な場所に留まっているべきだった。事態は違ったものになっていたかも知れない。このガラクタだってちゃんと動いたかも知れない。父が汗を流し、緊張し、きまり悪そうに立っているのを見なくてもすんだかも知れない。できることを全て試してみる間の、おそらくは八分間か十分間はしかし、僕の全人生にも思えた。僕の全人生だし、全人生だったし、全人生であったのだ。父の全人生でもある。この永遠に続く終わりなき無慈悲な数分間が静寂の中に引き延ばされて広がっていく。事ここに到っても紳士的で、揺るぎなき丁重さを備えた所長の態度が事態を一層悪くしている。最後まで続く礼儀正しさは、こういった状況でのエチケットなのか、僕や父にはよくわからない。父の物語の最高の部分、最も明るく輝ける時間になると思われる、ひどく引き延ばされた時間が持続する中で突っ立っている間、僕に発することができた言葉は、単純なものになるしかない。うーん、おかしいですね、こんなことは研究室じゃなかったんですが（僕はわかっていたものの、所長が僕らが失敗しつつあることに気がついておらず、少なくとも父が「我々の研究室」と言うときに意味しているものがイメージできずにいることを期待している。あらゆるところに走り書きが転がる家の散らかったガレージや、バスケットボールや、僕の古い日記帳、色んな螺子《ねじ》や釘やボルトでいっぱいのトレイの上の錆びたフォークや、曲がってすり減っているありあわせの工具、LTDワゴンの下の十年ものの油染みといった雑多なものでいっぱいで猫のトイレの匂いがする作業場を想像したりしないことを）。そうして次の段階では、ああ、僕らはこんなことができるとほんとに考えていたのかということになり、自問の段階に移る。自分に訊ねる。なあお前、これやあれをチェックしたかどうかを覚えているか。引き延ばし戦術やミスディレクションを続けるうちに、僕は父がいかに善良な人間だったか、善良な人間なのかを理解する。最悪の状態のときでもだ。彼は決して、百万年あったとしても、何かで僕を非難したりしない。たとえ僕の失敗であっても、こんな状況ではなくても、こんな知らないやつの前なんかじゃなくてもだ。たとえ僕の失敗であっても、誰にもわからないことだが、多分僕のミスなのだ。僕は父がそうであるか、そうであった半分も科学者じゃなかった。そうなれたためしがなかった。僕は父がそうできたとしても、そうした方が簡単だとしても失敗を僕のせいにしようとなんて考えてみたことさえないのだと理解する。そして僕は時間をこのときのここで直ちにそして永遠に凍りつかせることができればと、今理解したことを永遠に理解したままでいられたならと願う。この理解、はらわたがねじ切れそうに恐ろしいこんな気まずいことこの上ない状況の中でさえ、底値の中の絶対的な底値の中でさえ、彼の巨大な気詰まりと説明不能な運の悪さと、そう、失敗からなるこの時の絶望的な時間の中でさえ、たとえ彼がいなくなり、状況がわからなくなり、居所を摑めなくなり、僕へ向けて歯を食いしばって見せ、常に僕に失望し、沈黙を僕と母に対する残酷さの一形態として利用したとしてさえ、そんな全ては関係なく、父はいつも僕を世界から守ろうとしていた。いつも世界と僕の間に立とうとしていた。いつも緩衝物に、防御用のカバーに、僕が中に隠れることのできる箱になろうとしていた。

そうしてついに最後の場面が訪れる。僕らはもうほとんど家に帰るところだ。熱い車で冷たいガレージへ、もっと冷え切った家へと。僕らの箱に帰って身を隠すところだが、今は頭を掻きむしることになっている数分間より以前ではなく、実際父はそこに突っ立ち、手で頭を掻きむしっている。血管の目立つ小さな手で強く掻きむしるが、その小ささ、父の手のあまりの小ささが、彼の背の小ささが僕の心を打つ。彼の姿は移民のように、高名な教授の前でまごつく新入生のように、広大な外国にいる小さな手を持つ小さな人のように見え、激しく掻きむしるのではなく、ああ、何が起こったのか、ああ、なぜ今なのか、どうしてこうなるのかと自分の発明に裏切られて頭にちょっと手を載せたように見えている。その苦悩に満ちた困惑は、彼の独り言によって、それに先立つスタンドプレーで行われた理論的独白によってより悪化していき、何より最悪なのは、彼のマシンが概念であり、精神的な装置であることを説明し終えたちょうどそのときに生じたこの失敗は、ただの不運でもたまたまの機械的な不調でもなく、彼の精神、彼の概念そのものの失調であるとされてしまうところだ。沈黙は最早耐え難く、更に事態を悪化させることには、子供たちがダイヤモンドの端に姿を現しはじめていて、保護者たちがクーラーやバットの入ったバッグを車から下ろし、ミットの音が響き出し、一塁とホームベースの間でウォーミングアップのキャッチボールがはじまっているわけで、人々は何が起こっているのか多少興味を惹かれ、僕らが視線を集めているのがわかる。

一組の父子が一塁側に走り出てくる。ボールとグローブを持った父親と、ちょっと短いバットを持った男の子だ。他の子が持っているような空気中に響きわたる騒音を発するリトルリーグの標準的な金属バットではなく、木のバットだ。ルイビルスラッガーのティーボール用のバットだ。僕はこのバットを持った少年が、潑剌《はつらつ》とした足取りで父親のあとを白線に沿って駆けていくのを見る。本物の運動選手みたいな、大学では二種類のスポーツをかけもちしていた感じの父親を尊敬しており、他の少年が自分を見ていないかあたりを見回しているが、彼もまだ子供で、それを受け入れていて、芝を見つめ、目を細めて太陽を、空を仰ぎ、一日の満たされ具合に感嘆した様子を見せる。周囲の全てを吸収しようとし、時間が今この瞬間に永久に停止して二度と動き出さないなんてことになるかもと願う。ここがそれで、まさにここで、このグラウンドで、全てはここにある。僕は十七歳の自分を見る。十七歳の僕はそのくらいの年齢の子供であるということに、もうノスタルジアを感じている。僕たちが、この陽の光と暖かさと青色と緑色に浴するかわりに暗いガレージで過ごした明るい土曜日の重さを感じ、自分の人生がいかにちっぽけか、父の人生がいかにちっぽけかときまり悪くなり、自分が息子に渡せるものは何だろうと不安になる。この日は父と僕にとって重大な日だった。その朝僕は、今日みたいな日は滅多にあるものではないと驚きながら目覚めた。僕らがチャンピオンとして帰宅するかも知れない日、僕ら（父、僕、家族だ）がはじめての勝利を得るかも知れない日だった。でも今は、こういう風景を眺めながらここに立っており、この子供たちのほとんどにとって、今日みたいな日は毎週末に訪れるもので、この子供たちの誰も人生のことを、基本的に失意の日々の連続でほんのたまたま「人生に勝利する」機会が巡ってくるにすぎないものだとは考えていないのだと理解したとき、自分が馬鹿みたいに思えたことを思い出す。誰がそんな風に考える？ 僕は十七歳だ。誰が十七歳のときにそんな考え方をするんだ？

その親子は父－子対立軸の両端で互いの間に五十フィートの距離をおいている。父親が高くゆっくりとした球を頭の上から息子へ投げた。少年はバットを振り、六球か七球に一度くらいは当ててくる。弱く小さなゴロが父親の方へ跳ねながら戻ってきて、少年の父親は走って追いつき、まるで強打のように球を拾ってくれるので子供はちょっといい気分になるが、嫌な気持ちにもなっていた。少年は小柄で、僕も背の低い子供だったから、それがどういうことかわかる。彼は不満がたまってきたように見えた。彼の年齢を差し引いても、バットの振りは速くなかった。多分バットが三オンスほど重いのだ。

でもそれから、三十球くらい投げてもらって四、五球のしょぼい当たりをはずしたあと、少年はまともなヒットを出した。そういう音がした。完璧な音だ。カキン。芯にきれいに当たったわけだ。自分で打ったのに、自分で打ったと信じているようには見えない。僕は自分がどれほどこういった父‐子対立軸を望んでいたか、どれほどボールを打つ少年になりたいと思っていたかを思い出す。

少年の父親は他の子供やその父親が、たとえ所長であろうとみんなそうするように、少年の頭を撫でてぐしゃぐしゃにした。みんなが動きを止めて振り返り、ボールが彼の父親の頭の上を越えて飛んでいき、隣接する野球場の芝を越え、内野を越えて、ちょうど隣のダイヤモンドのホームプレートに着地するのを眺めた。少年の腕は垂れ下がったヌードルみたいで、ちゃんとした肩もまだできていなかった。二五〇フィートはあったに違いない。僕はそれを目撃し、今再び目撃しているが、まだ実際に起こったことだと信じられない。

これを見ていなかった唯一の人間。それは父だった。そのときは知らなかったが、今はわかる。彼は僕らの哀れなプロトタイプを見つめて突っ立っている。片手に真空管を持ち、片手を頭に載せており、それが外れていたことに今気づいたように見える。所長は少年へ向けていた視線を戻す。それがちょうど、マシンにまつわる父の無様な動顚を鎮めるのに必要な間だったかのように。会議があるのでオフィスに戻らねばならないと半ば詫びのようなものをぼそぼそと言い、この続きはまた後日の機会にという約束をした。今なら、何が起こったのかを理解したことを伝える所長の丁重な拒絶であるとわかるが、当時の僕ですら、僕には、僕らの家族には、これっきりでもう二度とチャンスが訪れることはなく、これが僕らの描く弧の一番高い点なのだと、ここから先は未知の領域に突っ込んでいくんだとわかっていた。

死の灰は、翌朝から降りはじめた。情報を処理するには一晩が必要だったのだ。数時間一人で過ごし、気をもみ続け、記憶を何度も何度も頭の中で再生し、ああしたらどうなったのかと自問するのに。父の自我に、父の殻に、父の目的と方針に、そして物理的な肉体にダメージが記されるにはそれだけの時間が必要だった。彼は十時までベッドから出てこなかった。彼にしてはかなり遅い時間で、日曜の朝としては約四時間半遅れだった。僕が見かけた父は消耗しており、一晩で何年も老け込んだようだった。母は早くから寺へと出かけ、僕は家に残されて、父はいつ起きてくるのか、起きてきたらどんな様子だろうかと考えていた。彼はバスルームに入り、長いことシャワーを浴び、その前後には長い静寂があった。彼は浴室から出てきて、正午少しにキッチンに歩いて入ってきた。父は僕を見ず、母はどこかとも訊ねなかった。僕らは座り、母が作ってコンロの上においていったヌードルを食べた。父は自分の分を温め直し、それをうっすらと嫌悪をにじませながら扱った。僕は何かスープでも温めようかと訊いた。彼は答えなかった。食べ終わると父は皿を流しに下げ、そしてガレージに降りていく音がした。僕は一瞬もしやと考え彼のところに行こうとしたが、その時にはガレージの戸が開く音と、車が車道に出ていく音が聞こえてきた。父はその晩、僕が眠る前には帰ってこなかった。次の日、彼は仕事に行き、以降僕らはもう二度と、決してその日のことを話さなかった。

(module δ)

『SF的な宇宙で安全に暮らすっていうこと』より

展望的予想。現状では証明されていないが、真実だと考えられているもの

瞬間には厚みがある。大きさがある。

瞬間は計測可能である。宇宙の歴史には有限個の瞬間が存在するはずである。

一意に定まる大域的時間は存在しない。

継時上物語学は過去形に関する理論であり、想起の理論である。これは基本的に限界を規定する種類の理論である。

26

タミーが、今まで見たこともない顔をこちらへ向けている。

「どうしたの」僕は言う。

「わかりません。あなたのお父さんのことがわかりません」

「思ってたより込み入った話だったな。ともかく、先へ進もうか」

「あなたは一体、どう言うつもりなんですか？　彼をみつけたら、何て言うんですか？」


公園でのあの日のあと、事態は悪化の一途を辿った。何年も前から進行していたことではある。僕が七年生の頃から。それとも七年生になる前の夏からだったのかも知れない。最初はほんの数秒のことだったから、母でさえ気づいていたかはわからないが、そう経たないうちに、気づかないわけにはいかなくなった。僕が高校に入る頃には、父は自然に、過去へと五分ほどさまよいこむようになっており、そうなってしまうと僕らは父に話しかけることができなかった。そりゃあ僕らの側ではできるのだが、彼には聞こえてなかっただろうっていう意味だ。彼はキッチンの重い空気を通じて単語を伝え、僕らに語りかけるのだが、僕らはメッセージをすぐに受け取ることができず、単語や音は光や厚みをもった空気を通じて遅延し、沈黙し、緊張に見舞われ、空気自体がコミュニケーションや理解を邪魔するのだ。そうして僕らが応える頃には、彼はもうそこにはいなくなっていて、どこかへ行ってしまっており、僕らから離れていってしまっていた。僕らは返事をしようとし、こんな会話、こういう日々の断片、これまで一家で続けてきた日々の暮らしの断片からなんとか意味を見出そうとし、母も僕も二人とも彼にメッセージを残そうとした。僕たちは父を失いつつあった。

彼の発明は失敗作だったかも知れないが、アイディアの方は違った。それが明らかになってからも、随分後になるまで僕はそれに気がつかないが、プロジェクトは二つあったのだ。研究所の所長は既に僕らの街からそう遠くない別の発明家を訪ねていた。実際、半島を三十分も行ったあたりで、母や僕が父も週末も仕事のときなんかに、ときどきピクニックに行ったりするようなところだった。そのあたりの家々の屋根はスペインタイルが貼られていて、郵便箱にもそんな屋根と小さなドアがついていて、客を招くときのためなんだろう車回しを備えていた。あそこには海を見渡せる小さな公園があり、ブランコや子供が登って遊べるようなロケットの形をした鉄製のジャングルジムがあった。輪郭をつくっている金属棒は非の打ちどころのないカーブを描き、赤や白や青に塗られていた。もう一人の発明家は父のものとてもよく似たアイディアを持っていた。相違点はほとんど出来栄えくらいのもので、一番の相違点というのは、所長が訊ねていったとき、それは正常に作動したのだ。公園でのあの日は、父に与えられたチャンス、僕らがそれに一枚嚙むためのチャンスだったが、所長は既にそのアイディアがうまくいくことは知っていて、二つ目のダイヤの原石は必要なかったのだ。その事実は父を傷つけたはずだと思う。才能を持った田舎暮らしのアマチュアが、ほんの夜の趣味人として、日中は普通に勤めて給料を得て、夜だけの発明家をしている彼のような人物にもそれを作ることが可能だったということを知るのは。誰かに先を越されたという事実、研究自体は正しかったという事実、公園でのあの日から一週間後に研究を放棄したという事実は彼にとどめを刺した。何百頁にもわたって殴り書きされたノートや、スクラップや、ポストイットや、インデックスカードや本の余白や、封をされ折り曲げられしわくちゃにされ元に戻され、またしわくちゃにされた封筒の裏に書き込まれた諸々なんかをみんなバラバラに滅茶苦茶にしてしまっていた。僕らの夢は不可能ではなかったが、僕らにはただ一回しかチャンスがなく、それが生涯一度の機会で、僕らはそれを失ったのだと知ることで父は死んだのだろう。こうして僕たちのアイディアとプロトタイプは歴史に埋もれた。父は永遠にその貢献を知られることのない男になり、ぼんやりとした影に呑み込まれ、包み込まれて拭い去られ、時の中へと消えていくことになった。

もし僕が一つだけ彼に伝えられるなら、どこにいようが一つだけメッセージを送れるのなら、こんな風になるだろう。父には何かがあった。彼の思考を、アイディアを、ノートの記述をガレージでの作業を可能とさせた何かだ。アイディアの純粋さ、信念への誠実さ、真の好奇心、決意に加え、もし充分な時間そこに座り、充分なだけ考え続け、充分失敗を繰り返せたなら、彼は道を見出したはずだ。アイディアは充分だった。所長にとっても、世界にとっても、フィクショナル・サイエンスの分野における重要な貢献とするに充分だった。僕にとっても。でも僕は父がどこにいるのかわからず、父にこれを伝えることはついに叶わない。

このガレージで父が作業するのを、これをねじりあれを締めるのを眺めていたここに立ち、わかったことがある。知らなかったわけではないが、はっきりとした。基本的に父は寂しい男であり、寂しい男だった。いつも寂しい男でいた。哀しみは発明の運転手でモーターであり、彼の創造性のエンジンだった。哀しみは世代から世代に継承され、僕たちの背に重みとして降り積もり、僕たちはまるで巨大な海洋生物、大洋の大きな魚のようで、哀しみを収集しながら静かに泳ぎ回り、哀しみを抱いて深淵を進む。決して休むことなく、大きくなり続け、前へのみ進み、熟睡することもない「哀しみ喰らい」みたいだった。一嚙み一嚙み、一食一食が哀しみを育んでいく。遺伝のように、負債のように受け渡されていく、貧しいが賢くはある男の系列が時とともに伸びていく。ほんの少しずつ貧しくなくなり、ほんの少しずつ利口になっていくものの、決して賢明にまで到ることはない。

僕は父の書斎での、十二月下旬のある朝を覚えている。年の終わりの日々であるだけではなく、何かそれ以上のものの終わりであるように感じた。最良の年というわけではなく、我が家にはもっとマシな年もあった。夜の間に雨と風が空を洗い上げ、世界の全てはかすみ、早朝の光は芸術家の工房の光のように完璧でさえあった。僕は九歳で、母は朝食だから父親を呼んできてくれと言った。キッチンの時計がコチコチいっている。文字盤の青い丸く白い時計で、よくあるように黒い矢印が時刻を指し示し、赤く細い針が秒針になっていて、円周上に配置された刻みから刻みへとジャンプして離散的に動く。唐突に動き、やわらかく跳ね、その音はいつも望ましい音量よりも大きかった。

僕は父親を何度か呼び、返事がないので、自分が何を見つけることになるのか不安を抱きながら廊下を進んだ。何の音もしないが近づくにつれ、くぐもった音が聞こえてきた。以前には聞いたことがない音なのは間違いない。僕はわずかに開いたドアから父の小さな書斎を覗き、生まれてはじめて、目を赤くした父の頰と顎に涙が伝っているのを目撃した。彼は僕の祖父の写真を見つめていた。僕は祖父に会ったことがなく、彼は僕が六か月の時に、海を隔てた別の大陸で貧しさの中で体を壊し、長男を恋しがりながら亡くなったという人だ。僕は父の私室を隔てる敷居から数フィート離れたところに立っている。父が額の中の自分の父親の写真を眺めている間、僕は彼を、ドアの枠で縁取りされた父を見ていた。僕ら三人、息子と父と祖父は哀愁の対立軸を形づくり、連鎖を、逆行を、過去への架け橋を形成していた。僕

タミーが表情を整え、僕の頰へキスを投げる。映画女優顔と僕は呼んでいる。僕がちゃんとしているときだけに見せる、滅多にやらない表情だ。

「これ何のキス」

「わかりません。あなたがかつてあの子だったから、でしょうか」

数週間がすぎ、何か月かが経った。プロトタイプはガレージに置いてあった。父はあの日の午後帰ってきたあと、マシンを隅っこに停めてシートで覆っていた。父と母は頻繁に喧嘩するようになった。父はどんどん特殊になっていく自分の研究を続行し、結果を学術誌に、どんどんあいまいになっていくタイトルをつけて公表し続けた。どの道、誰も気づかなかった。最悪なのはそこだ。父は何かが起こりつつあることや、自分が大局を見失いつつあることを理解していた。それが何か、どうやってなのか、どうしてなのかを正確に把握することはできなくとも。大学に入って数年がすぎ、二十歳になる頃には、僕は他の人々と同じように父を見ることができるようになっていた。僕は観察モードを切り替えることができた。たまには彼の息子として、またあるときは彼の息子ではなくその代わり、彼のことを、プライドが高く、知的で、自らどんどん孤立していく男、ゆっくりと過去にさ迷い込みつつある男として眺めるような人物として。

そしてある日、父が復帰する。公園でのあの日から三年ちょっと経っている。父がガレージで騒ぐ音が何時間も続き、夜がくる。それから六週間の間毎日、何かを試す音はどんどん大きくなっていく。父が何か他のものに取り組んでいるのだ。タイムマシン以外の。何かもっと暗く、もっと強力なもの。S

F的だが、僕の知らない何か。父は一度も僕に降りてこいとは言わないし、何を作っているのか仄《ほの》めかしさえしないが、今となっては父があの寺院へ、そして究極的にはそれがどこかは知らないが彼が今いるところへ行くマシンを作っていたのだ。

ガレージの中で、僕らがかつて一緒に何かを造り出したその場所で、彼は今独り、違う種類の箱を作っている。その箱は彼を僕らの元から、ここから、この人生から連れ去るのだ。

27

タミーがまた泣いている。

「それ、うざいんだけど」僕は言う。

「もっと明るい結末になるのだろうと思っていました」彼女は言う。「お父さんについて何かわかったりするとか」

「気は晴れたさ」僕は言う。「父は僕らを置いていった。父が僕らのことをどれだけ気にしていたかもわかった。まあ、あんまりわかりやすい形でじゃなかったけど」

僕はタミーに訊ねる。これってまだ何か意味があるのかな？　どこかで父さんをみつけることの意味ってなんだ？

期待される出来事を、EVf（息子が父を発見する）と置こう。

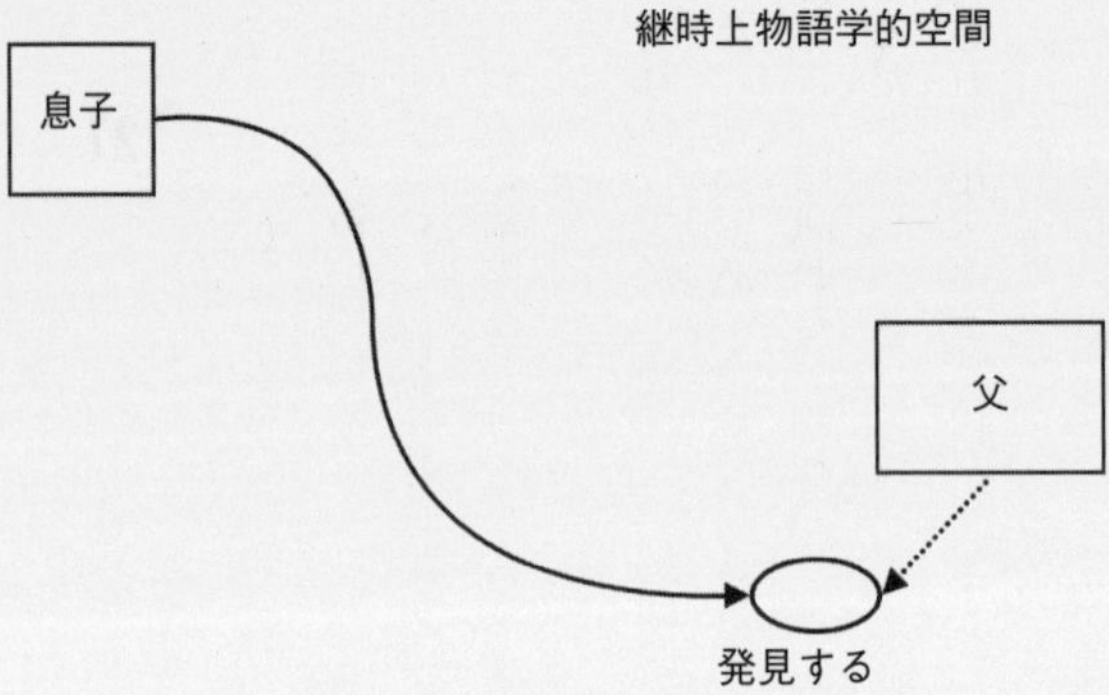

ここには二つの述語（息子、父）があるが、どちらも重大な前提ではない。図中で問題となるのは「発見する」という演算子だ。

これを象徴解釈器にかけてみると、「発見する」は少なくとも以下の意味を持つのがわかる：アイコンタクト、不快感、沈黙、少なくとも一つの真実の語り、少なくとも一つの嘘の語り、少なくとも一つのオーバーで劇的で甚だしく度を超えて人を傷つける語り、部分的にであれ全体的にであれ、放物的憂鬱に漸近する感情的曲線上の閉じた境界のようなもの。

そのような発見が発生するオッズは、人生の長さや会話摩擦係数や父-子間動的社会心理学網の張力や理解の窓のサイズや劇的な大団円を仮定すると、近似的に、七十八・三年に一度、主観的に経験されうるというくらいになる。

人生はおよそ二万五千日程度であり、発見は二万五千日に一回程度起きる。

言い換えると、人生に一度ってことだ。

言い換えると、父の人生の中のある一日が、ある会話が、一瞬が、僕の見つけなければならないものだ。共に過ごす全ての時間の中のひと時だけ、僕らの分岐を続ける散漫で曲がりくねった経路の上で、記憶か過去形かナレーションか瞑想を通じて彼と接触することができる。

タイムトラベルは楽しいものだったはずだ。いろんな場所に行くことを、いろんな冒険を味わうことを可能にするものだったはずだ。傍観者として自分自身の人生の場面の上をホバリングするためのものじゃない。ある瞬間から別のランダムな瞬間へよろよろと進むためのものじゃない。決して過去から何かを学ぶためにあるんでさえない。

ところで今僕らは、新しい問題に直面している。僕らは本を終えつつある。要するに、僕らの燃料は尽きつつある。このループには前もって決まった長さがある。既に起こっていて、起こるように起こる。そろそろ自分がハンガー157に戻っていくことに気がつき、自分に腹を撃たれることに、いつなってもおかしくない。

「それですよ」とタミーが言う。

僕は言う。どれだよ。

「あなたが自分のお腹を撃たれたとき、彼は何か言おうとしていました」

全ては本の中にある。本が鍵だ。

28

タミーがパネルを開き、ヒキガエルが跳び出してくる。ディスプレイ上では物語はこれまで通り、依然進行中だ。継時上物語学的な過去形 - 記憶等価性原理によって、僕らは記憶を追体験することで、テキストのナレーションを生成してきたわけだ。

「わかったよ。うーん」僕は言う。「ただの本のままだな」

そうじゃないのかも。僕は本をケースから取り出し、後ろからパラパラめくる代わりに（そうしない方が良いことはキツィ経験から学習した）、特に何ということもなく本の輪郭をなぞってみるとなんと、ほら、あった。奥付けのあたりの頁に溝が切り込んである。僕は本を開き、257頁目の上の方にポケットを、そこに埋め込まれた小さな封筒を発見する。こんなのを。

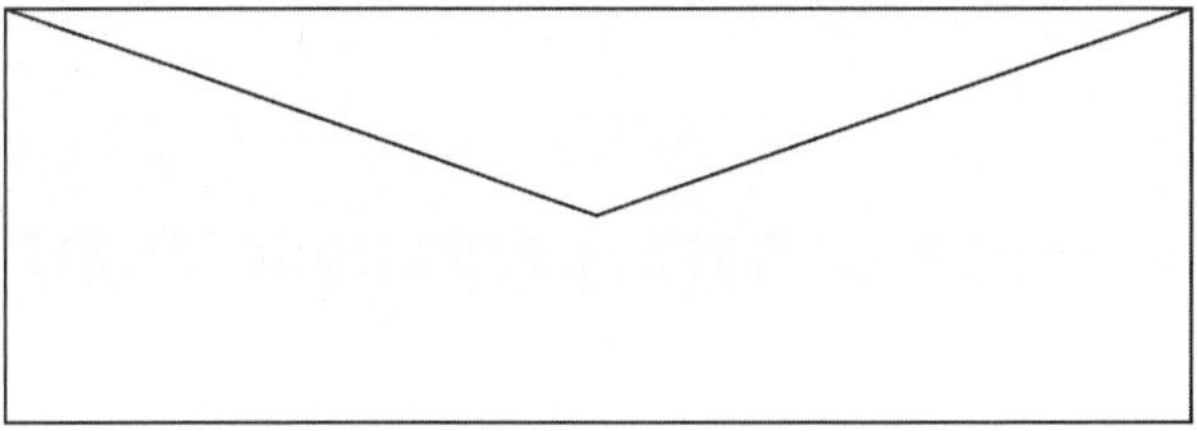

封筒を開けると鍵が出てくる。僕が言ったとおり、この本が鍵なのだ。僕はそれを有り難く手にしたわけだ。ちょっと文字通りすぎだとしても。

「鍵！」タミーが言う。

「素晴らしい観察眼だ」僕は言う。問題は、鍵って何のだ？

　エドが溜息をつき、自分の左前脚を噛む。声の調子から僕がタミーに嫌味を言っているのがわかるようで、これが彼の非難の表現なのだ。僕はエドの頭を軽く叩いてなだめ、彼は脚を噛んでいるわけじゃなく、母が僕にくれた箱を齧《かじ》っているのだと気づく。

「エド、あなたって天才」タミーが言う。僕も否定はする気はない。

　箱には継ぎ目も折り目もなく、魔法の妖精か何かが包装したみたいだ。というわけで僕はレターオープナーを使って、角が破れるまで何度か突き刺さす羽目になる。紙がなかなか丈夫なので、はじめはちょっとずつしか破れないが、包みをほどいていくうちに、少しずつ見えてくるレタリングの形とサイズとフォントから、遠い昔の何かが思い出されてくる。それが何かわかったときには、一瞬僕はまた十歳になり、僕の十歳の心

FUTURE ENTERPRISES INC
presents

CHRONO-ADVENTURER SURVIVAL KIT

臓が僕の三十歳の体の中で削岩機のように早鐘を打つ。

　ここには、キットから取り出した全ての道具を並べるのに充分な空間がある。なるべく、タミーのメイン制御盤の平らなところに並べるようにする。

　箱の上蓋のレタリングは僕がコミックの後ろの広告を見て想像していたのと全く同じで、ちょっとぼやけたオレンジがかった赤いブロック体で、全て大文字が使われており、サンセリフ書体で上蓋を横断している。

　僕は上蓋をはずし、表を上にして傍らに置き、箱の絵と道具を一点ずつ照らし合わせる。プラスチックのナイフと、時間冒険者ワッペンがあり、記憶どおり、宇宙の勢力図と解読機もある。大きさの違う二枚の厚紙製の円盤が中心を共有するように留められていて、それぞれの円盤はプラスチックのケースの中でお互いに回転できるようになっている。大きな方を暗号化された文字にセットし、小さな方を解読する文字に合わせると、秘密のメッセージを送ったり、同じ荒野を旅する時間冒険者の仲間からのメッセージを解読できたりする。箱の中には梱包材もたくさん入っていて、驚くようなことではないが、広告には載っていなかった道具もある。消しゴムのついていない2Hの鉛筆（「宇宙鉛筆」とある）だとか、分度器（「月着陸角度三角法測量装置」とある）だとか、五枚綴りの小さいメモ帳、これは明らかに五品分と数えるようだ。子供だましの、本当に安っぽい品々だ。十歳の僕はしょぼいという気持ち半分、でもとてもかっこいいという気持ち半分で、もしかしてキットの道具の力によって何か秘密の技術を授けられているかも知れないと思う。

僕は全十七品を数え上げ、一品一品別々に広げられ、ただそこに並ぶことになった品々を眺める。ちょっと期待外れではあったが、僕は再び三十歳に戻る。父は実際的な人だった。このキットは彼の目には間違いなく馬鹿げていると映ったはずだ。それを彼が買ってくれたという事実が、僕には重要だ。こうやって広げてみると、キットの構成品は僕に、ガレージの研究室の作業場での日々を思い起こさせる。丘の上にある所長の小綺麗な研究施設の僕らバージョン。僕らのありあわせの父‐子研究のための施設。部品屋の安売りカゴから買ってきた安物で溢れている。ひょっとすると、これが父が僕に見せたかったものなのかも知れない。こういう道具を見ているうちに、父は僕らがどうしても成功できなかった理由を受け入れるに至ったのかも知れない。僕らのささやかなフューチャー・エンタープライズ社は駄目になる定めだったのだ。それにしても、父がこのキットを、いつか僕が一緒に作業した昔を思い返すよすがにさせようという理由だけで手に入れたとは信じがたい。

僕は空の箱を覗きこみ、今まで目に入っていなかったものに気がつく。道具を固定しておくためにあるのだろうと思っていた厚紙製の構造は、本当は箱の中の小さな箱で、誰かが箱の中に作っておいた小部屋なのだ。横に鍵穴が開いている。

「本の鍵！」僕は少年探偵みたいに叫ぶ。

「素晴らしい観察眼ですね」タミーが言う。

「皮肉のアップグレード版をダウンロードしたなんて聞いてないな」

「わたしについてあなたが知らないことなんていっぱいあるんですよ」彼女は言う。僕は間抜けだ。だってその通りだから。

「ええと、時間になってあそこへ戻り、お腹を撃たれるまでそこに立っているおつもりですか、それともそこに鍵を差し込みます？」

29

普段の行いのおかげだろう、鍵は合う。他の考えは全く思いついていなかったので、僕はその秘密の小箱を開き、十八番目の道具をみつける。

「なんですかこれ？」タミーが訊ねる。

「ジオラマだね」

それはちっちゃな三次元模型で、うちのキッチンのミニチュア版だ。比率を守ることに気が配られている。部屋の幅や高さのスケールだけではなく、奥行きもよく再現されている。三次元目が模型に命を吹き込み、錯覚を完璧なものにしたかのようだ。キッチン全体は僕の手のひらに載りそうだが、何一つ欠けた細部はないようだ。夕食用の皿としては三つ穴の紙パンチから取り出してきた円形の紙が利用され、小さなボール紙の欠片に糊づけされて、ミニチュアのキッチンテーブルに並べられている。小さな冷蔵庫があり、ミニチュアのカレンダーまであった。カレンダーは今日の一言つきのタイプで、日替わりで新しい科学用語が添えられていた。彼は、今日の一言まではリ－クリエイトしていなかった。しようとしても小さすぎて読めなかっただろうが、四月の十四日という日付は入っていた。このカレンダーを使っていたその年に僕は十五歳だった。一九八六年のことだ。

父は人物を配置してはいなかった。難しすぎたのだろうが、もしかするとそれが重要なポイントなのかも知れない。僕らの姿はもうそこにはなかった。その部屋で僕らは夜を、静かな、緊張をはらんだ夕食を、たまには両親が冗談を言い合う良い夜を過ごした。壮絶な絶叫合戦の数々を見てきたせいで、そんな良い夜でも僕はいつも落ち着かない不安な気持ちになった。キッチンは空だ。しばらく無人のままだったのだ。

「見て下さい」タミーが言う。「時計です」

ミニチュアのキッチンの中、父は裏庭への出入り口の上にかけられた青い丸型の時計の小さな複製を取りつけていた。小さいけれどきちんと動く時計だ。時針と分針とチクタクいう秒針を備え、家にあったのと全く同じだ。ジオラマのキッチンでのその瞬間の時刻は、七時十四分二十秒だった。

カレンダー。動く時計。父がメッセージを送っているのだ。父は自分の居場所を知らせている。

「タミー」僕は言う。この事実を一種の解答のように感じはじめながら。罅《ひび》の入った卵みたいに、頭の先からゆっくりと罅が広がり、殻が顔の横を落ちていく。これのせいで僕はタイムループに陥る羽目になったのか？　僕がほとんど十年間を時制も時計もなしにさ迷い続け、実世界に再突入した途端の次の日、タイムループに囚われることになったのは偶然なのか？　キッチンのミニチュアの形をした父からのこのメッセージが同じ日に送られてきたのも偶然なのか？

「タミー」僕はもう一度言う。

「わかりました」彼女は応える。

　僕は何度、前進することを拒んでこのループを巡ることになってきたのだろう。僕の人生のどれだけが、こんな出来事を繰り返し、そこから学ぼうとし、目の前に展開される絵の意味を読み解くのに費やされてきたのだろう。我が家のキッチンの断面図、我が家のこの部屋の小さな模型、良い時や良くない時の光景を。僕が自分に対して自分の人生に対してやっているこの行為、記憶の中の同じ場所でのたうちまわり、何度も見直し、煩悶に煩悶を繰り返すこの行為は何と呼べばいいものだろう。なぜ僕は未だに学んでいないのか？　どうして違った風にやれないのか？

　いっつも包みを開けるのが遅すぎるのか？

　ループはいっつも同じなのか？

　時間内に、まだ何かする余裕があるうちに、ここまで辿りつく時はくるのか？

　もちろん遅い。もちろん同じだ。もちろんこない。

「行こう。時間だ」

　僕はタミーにそう言う。なるべく威厳をもって聞こえるように頑張るが、僕の問いへの答えはわかっているし、彼女が何を言うかももう知っている。

「行けるといいんですが」彼女が言う。本当に無念そうに聞こえる。「事実として、わたしたちはそこに行かなかったんです」

僕はジオラマから顔を上げ、彼女の言葉の意味を考える。僕らはハンガー157での今のこの瞬間を何度も繰り返し、午前十一時四十七分へ向けて降下していっている。そこでは別の僕、以前の僕が、彼の順番を待っている。これら全てを、また全部、繰り返すために。

(module $\mathcal{E}$)

『SF的な宇宙で安全に暮らすっていうこと』より

定理、その他の

あなたの人生のどこかの時点で、次の言明は真となる。明日、あなたは全てを永遠に失うことになるだろう。

30

その時がくる。こんな風に。僕は自分自身を撃つ。

彼は僕を待ちうけている。着陸場所で。僕を殺そうとしている男だ。僕はかつてその人物だった。

僕に何が起こるのか、何が既に起こったのかは知っている。しかしなおどうにかして阻止しなければならない。わかってるわかってる。できやしないのは。でもこれがユウに起こるとなると話は別だ。

着陸態勢に入る。

タミーは彼女の画像を、哀し気な表情をした顔時計にしている。

11:46:00。

あと一分ある。

一か月のように感じられるかも知れない。でも君がもっと短いと言うなら僕はそれを信じるし、もっと長いと言うなら、それも信じる。

僕はタミーにループの直径を計算するように頼む。

「ごめんなさい」タミーは言い、僕もごめんと言う。あらゆることに、彼女や他の全ての良きものたちに良くしてこなかったことに対して。人生最後の一分に到り、僕は感傷的になっている。

「違います」彼女は言う。「このごめんなさいは、いつものごめんなさいじゃありません。あなたの命令の意味がわからなかったことに対するごめんなさいです」

「言い方が悪かった」僕は言う。「客観的に見て、僕らはどのくらいループの中にいたんだ?」

「あなたの言葉の意味がまだわかっていないみたいです」

タミーは困惑した顔時計を表示する。

11:46:20。

「なにがいけないんだ?」僕は言う。「単純な質問だろ。僕らが出発してから、どれくらいの時間が経ってる?」

「わたしたちが出発してからどのくらいの時間が経過しているのかという質問への答えは」彼女が言う。「まだ出発していない、です」

「なんてこった」僕は言う。「君が正しいな」

「あなたはあなたを撃ち、そしてその日の午前十一時四十七分にこのマシンに飛び乗りました。そこからあなたは、結末へスキップしようと試みて未来へ行きますが、そうしたところ、無に遭遇しました。未来はなかった。あなたはまだそこに辿りついていなかったんです。未だに辿りついてはいません。代わりに、時間から完全に切り離された寺にやられましたね。そこへゾンビ版のお母さんが這いよってきて、パニックを起こしました」

「起こしてないよ」

「起こしました。で、時間の中に押し戻され、父‐子記憶対立軸に戻ったんです。これが過去です。そういうことです」

「どういうことだよ」

「そういうことです」

「そういうことってどういうことだよ」

「すみません、プログラムを同時に立ち上げすぎていました。どういうことかというと、あなたがあなたを撃った時点から見て、あなたは全然先に進んでいないってことです。一秒も。一瞬も」

母なるアーシュラ・K・ル・グィンの名にかけて。また今度も彼女が正しい。

「でも僕は歳をとったろ？　とってないの？　何か証明する方法があるんじゃないの？　ヒゲが伸びてるとかさ」僕は鏡で顔を確認する。

「ここでループに飛び込んでから、何か食べました？」

僕は一秒で考える。「食べてないと思う」僕は言う。「でも待て。そうか。他の人と会話したぞ！」

「そうですか？　それで？」

「会話には時間がかかるだろ」

「どなたと話したんです?」

「ゾンビ版の母さん」

「本物の人間じゃないじゃないですか。それに時間的存在の埒外《らちがい》にいる人ですよ」

「シャトルの男」

「時間の中の存在じゃありませんね」

「父さん」

「それは記憶です。出来事ではありません。過去なんです。わたしたちはあなたが少しでも未来に踏みこんだのかを確かめようとしているところです」

そりゃそうだ。むう。

「ここで君と掛け合い漫才をやってた」

「わたしはコンピュータ・プログラムです。わたしたちの会話は高速ですし、さらに重要な点ですが、あなたはこの、TM-31の中で、わたしに語りかけたんです。ここは十一時四十七分以降、決して時間を先へ進まないことになった場所です」

「フィルとは話した」

「彼もコンピュータ・プログラムです。も一度言いますけど、あなたは彼と、この箱の中で話しまし

「なんでも知ってるみたいだな」

「そう見えるんでしょうね」少し哀しそうな声で彼女は言うが、その理由はまだはかりかねる。

「わかった」僕は言う。「じゃあこの本はどうだ」

「あなたが言ってるのは、あなたが何やら読んだり書いたりして、モードをなめらかに切り替えて言ったり考えたり読んだりを同時に記述していく魔法の本のことですね？　あなたの意識をリアルタイムで記録していく不思議な本のことですね？　その本ですか？」

「ええと。君がそういう風に言うと、そんな本は存在しないみたいに聞こえるな」

「それが存在しないとまでは言いません。存在してます。わたしは単に、わたしは何を言ってるんです？　ああ、ええと、ごめんなさい。わたしも今朝は少し頭がちらかっています。わかりました。証明します。本を開いてください。ここで」

僕は本を開く。

『SF的な宇宙で安全に暮らすっていうこと』より

タイムトラベル

1. いかなるタイムトラベルにおいても、旅行者によって「経験された時間」の長さと、それに同行していない人物からみた「測定可能な時間」の長さは等しくならない。
2. 継時上物語学的運動は、旅行者の内的で個人的な時間と、社会全体で合意されている規約的時間の間に、非自明で非意味論的な食い違いを生成する。

「わかりました？　ここにあるささやかな記述は、主題としては、わたしたちが今話している内容と偶然にも同じものであることがわかります？　奇妙だと思いません？　「現在」という概念のようなものにすぎないこの本は、フィクションです。本物じゃないと言っているのではありません。SF的な世界における万物と同じくらいに本物です。あなたと同じくらい本物です。エッシャー&サンズ建築商会が建てた家の中の階段みたいなものです。フィクションであって工学ではありません。自己回避的なフィクションです。不可能物体であってしかも存在します。物体です。この本です。あなたがいる。ここがある。あなたがここにいる。どれも完璧に正当な考えですし、人類の脳が解決しなければならない、解決する必要のある問題です。出来事がどんな順番で起こったとどうやって決定するのか？　どうやって世界というデータからあなたの因果性についての直観に適合する時系列を構築するのか？　どうやってあなたの人生の薄い断面を何かを意味するように並べ直すのか？　あなたは窓の外を見ています。ちょうどあなたのいるこのタイムマシンの側面に一つ開いているような小さな舷窓です。あなたはそこから風景のごく一部を覗き、そこからあなたの人生の全貌がどうなっているのかをなんとか推測しなければならないわけです。あなたの脳は時間の中で暮らすために自分自身を誤魔化さなければいけません。すごい機能で、必要な機能でもありますが、裏を返せば、わたしはどのくらい喋りました？　四十秒以上はかかりましたよね。違います？　でもまだなんです」

彼女は顔を時計に戻す。

11:46:55。

11:46:56。

というわけで、ことここに到る。選択肢は三つだ。

その一：僕はここにいられるのかも知れない。過去を変えられるのかも知れない。僕がするべきことは、ギアを一段階上げて一秒余分にニュートラルにしておき、僕のハンガーに到着する予定時間の一瞬後まで待つことだ。そしてマシンを降り、運を天に任せる。全てが変わるのかも知れない。自分との遭遇の機会を逸するだけかも知れない。遭遇事故を回避して、チャイナタウンの女性が望んでいたように、別の宇宙へ進めるのかも知れない。自分の人生から逃げ出すのだ。でもそれだと前に進むことにはならないだろう。父の追跡を諦めることになり、どこにいるのか知らないが、彼を囚われのままにしておくことになる。

その二：僕は今までどおりの行動を保つ。前へ前へと叙述的重力に引かれるがまま、トーラス状のベクトル場上のループする経路を進むに任せる。コースに留まるのは一番楽な選択だ。抵抗の一番少ない最少作用が定めるコースを真っ直ぐ降りていくわけだ。そう悪くはないじゃないか？

三つ目の選択肢というものもある。マシンを降りて、来たるべきものと対峙する。人生上の出来事が僕に起こり続けるのを受動的に受け入れる代わりに、自分自身の物語の主要登場人物のように振る舞うのはどんなことかわかるかも知れない。出来事：僕は自分に立ちはだかることになる。真実：それは痛みを伴うだろう。それは僕にとっては死で終わり、何も変わりはしない。既定の事実、既に受け入れられている真実だ。僕は僕であるという身振りを保ちつつ、行動についての責任は、既に起こることになると知っている、運命や僕の歴史の記録へと譲る。腕も脚も動きを変えることはない。僕は何も変えられない。体の軌道も唇から出ていく台詞も目で見るものさえ変えることはできない。僕には何も制御できない。僕が制御できるのは自分の意思だけだ。自由意思と決定論の狭間には認知することさえできない間隙や空隙、意志的な隙間、穴に接点、物質とエーテル、有と無があり、一瞬の間に時間を、物語を行動を繋げたり切り離したりする。このギャップ、この宙吊りの中ではフィクショナル・サイエンスが失効し、科学にもフィクションにも浸透されない、僕らが現在と呼ぶフィクションが存在する。

そしてこれが僕の選択だ。

僕は自分の人生に起こる出来事を受け入れる。

それとも、全く同じ行動を受け入れ、自分自身のものとする。僕は失敗の危険の中で、失敗を確信しながら自分の現在を生きる。

外から見れば、この二つは同じに見える。実際、同一である「べき」だ。いずれにせよ僕の人生は同じになる。どちらにしても僕が全てを失う時がやってくる。違いは、自らそうすることを選択でき、そう生きるのを選ぶことができ、わざとそう生きることができるのかってことだ。意思によって。

11:46:57。

11:46:58。

「戻ってきたな」僕は言う。

タミーは確認のブザーを鳴らす。とても事務的な音に聞こえる。そうして彼女は青ざめているように見える顔を僕に向ける。

「ええ」と溜息をつく。

「ここまでずっと、父さんがこのループからの脱出の鍵だと思ってた。彼が僕を助けてくれて、彼が答えになるんだってね。実際には、答えは全然答えなんてものじゃなくて、選択だったんだ。僕が彼を見つけたいなら、僕はこのループを脱出する必要がある。もしもう一度彼に会いたいなら、この箱から出なけりゃいけない」

「違った行動をとることはできない、違う台詞を言うこともできないと御存知ですね」彼女は言う。「さもなければ、違う時間線に足を踏み入れることになります。しなければいけないことをしなければいけないんです」

「わかってる」

「お腹を撃たれることになっています」念を押される。

「知ってる」

ここで彼女は、自分の画像を、愛らしく柔和でちょっと訳知りっていう顔にする。哀しんでいるようにも、こんな日がくるとは考えたこともなかったというようにも見える。「もう時間です」と言っているようだ。僕が今まで知らなかったタミーの一面だ。この時僕は、タミーには僕が起動しなかった一面が、使わなかったモジュールが、一度も訊かなかった質問や僕が得ることのなかった解答があったということを理解した。僕は彼女の正しい使い方さえわかっていなかったのだ。僕は彼女の力を無駄にしていた。

「じゃあ、ええと、うん、そうだね、どう言っていいかわからないけど——」僕はタミーが取り乱すより先になんとかやり遂げなければならない。前にも言ったことがあるかも知れない。三百万ドルのソフトウェアが泣くところを目撃したことがないなら、この気持ちはわからない。

彼女にもっと良くしてやるべきだった。良くしてはいたが。良く。良くってなんだ。良くする。それだけじゃ充分じゃない。彼女を思いやるべきだったんだ。もっとみんなを思いやるべきだった。母さんを、父さんを、自分自身を、ライナスとかも。チャイナタウンの迷える女の子のことも。

タミーは娯楽装置のOSである以上の存在でいてくれた。ここ数年ずっと僕の脳であり、記憶であり、僕の生命機能全般をまかなってくれていた。僕を生かしてくれていた。連れ合いみたいに。僕の良いところを集めたみたいに。彼女は僕を思いやってくれた。無条件に。今ならわかる。彼女は彼女なりに、僕が決して結婚することのなかった女性なのだ。僕が彼女に見合うくらいの男だったら、僕を待っていてくれたはずの女性なのだ。彼女は僕の意識で、僕がここでやってきたこと、ここでやらなかったことに対して正直だった。

「行かなきゃ」僕は言う。

「了解しています。出発おめでとうございます」

「で、だ」僕は口を開く。

「なんでしょう？」彼女はやけに気持ちを込めて応えるが、何か感情を浮かべた顔をシミュレートして作るようなことはしていない。

「ああもう、僕は何を言ってるんだ？　あー。僕は」

「言わないで下さい」彼女は言う。

「わかった。言わない」

「そうです。それでいいです」

「言わない。その方がいいんだろうな」

「言って下さい。待って、言わないで」

「わかったよ。いいよ。言うよ。なにかこう、あるだろう？　僕らには？」

「ええ」タミーが言う。「ありますね」

寸時の沈黙。

「わたし、お伝えしなきゃいけないことがあるんです」タミーが言う。「わたしにはユーザー入力を元にしたフィードバック・ループ型の人格生成システムが搭載されています」

「つまり、君が言いたいのは、君と僕との関係は、僕と僕との関係だっていうことかな」

「大きく捉えると、そうなります」

「うわあ」

「でも今まで、こういう風に機能したことは、その、ありませんでした」タミーが言う。「この気持ちが何にせよ、わたしにはこの感情を処理するモジュールは組み込まれていません」

「僕にもだよ。この気持ちがなんであるにせよ」

「ええ、わかります」彼女は言い、僕にウィンクをする。

僕は彼女を抱きしめるか、モニターにキスするか、深みのある豊かに描画された髪を両手で撫でるかしたい。でもどの選択も完全に気が違っているだろう。エドが「よそでやってくれと」と言いたげに僕ら二人に溜息をつき、僕らのムードは霧散する。

「ええと、わたしはもう落ちますね。着陸に向けエネルギーを温存します」タミーは言うが、本当は僕が一人でいる時間、僕に起きることを静かに考えるための短い休み時間をくれたのだ。

タミーが目を閉じ、自分をシャットダウンする。ちょっとの間ぼんやりとした残光が漂い、消えかけていく彼女の顔が残る。彼女を構成していた画素たちのほんの一部が緩和状態に戻る力を永久に失ってモニターに固着し、ある種の歴史を、彼女の表情の総計を、焼きつきの輪郭として、痕跡として、積分として、時間の働きにより平均化され融合され記録された彼女の魂の憂鬱なアルゴリズムをそこに残している。

そして今や、僕はここに一人だ。

11:46:59。

人生で一番長い四十秒だった。

最終着陸態勢に入る。TM－31はもう視界に入りはじめている現在という瞬間へ高度を下げていく。舷窓ごしに、彼の犬を小脇に抱え、もう片方の腕で見覚えのある茶色の紙で包まれた小包を持った過去の自分が、僕へと向けて走ってくるのが見える。

『SF的な宇宙で安全に暮らすっていうこと』より

デコヒーレンスと波動関数の収縮

マイナー宇宙31では、継時上物語システムが環境と熱力学的に不可逆な形で相互作用を行うと、量子デコヒーレンスが発生する。これにより、システムと環境の波動関数の量子的な重ね合わせ状態にある異なる要素が、互いに干渉するのが防がれる。

それでも宇宙の波動関数が全体として重ね合わせ状態をとることは起こりうるが、その究極的な運命は解釈[*]問題[†]に委ねられる。

時間的閉曲線、あるいはＣＴＣにおいて発生しうる可能的構造は、以前のどんな時空領域にも連続的に接続しない世界線である。つまり、ある意味で原因を持たない出来事が生じうる。継時上物語学的決定論者の主張する因果性の標準的な立場では、どの四次元立方体も次の四次元立方体に連接しており、感情的、物理的な因果関係を構成する。しかしＣＴＣの中では、この因果性の考え方は、出来事は同時に自分の原因ともなりえ、もしかすると原因それ自体になることさえできるかも知れないと思われるという事実によって説得力を失う。この領域の研究は現在、フィクショナル・サイエンスの聖杯――継時上物語的力の大統一理論――へ向けた最も有望な道である。大統一理論は過去の軸や代替現在や未来、より正確には、想起や反現実や不安という行列演算子として働く、異なる力の共通の源泉として考えられる支配法則である。

＊原子の理論としては、量子力学は科学の歴史において最も成功したものであるかも知れない。物理学者や化学者や技術者は、量子力学により多数回行われる実験の結果を計算し予測することや、原子スケールの振る舞いによって可能となる新たな先進的な技術を開発することが可能である。しかしこれは我々の想像力に挑戦する理論でもある。量子力学は古典物理学の基本原理や、ルネサンス以来立ち起こった現代的な世界観、ついには西洋的な共通認識となるに至る諸原理を破るように見える。量子力学の形而上的解釈の目的は、この破れを説明することである。

極微の世界を量子力学で表現されたものと見なすコペンハーゲン解釈は、広く受け入れられた最初の企てである。この基礎を築いたのは主にデンマークの物理学者、ニールス・ボーアであるが、ヴェルナー・ハイゼンベルグや、マックス・ボルンその他の物理学者も、このデンマークの首都の名を冠する極微の世界の理解様式に重要な貢献を果たした。

(http://plato.stanford.edu/entries/qm - copenhagen)

†多世界解釈《MWI》の基本的なアイディアは、宇宙には我々の知る世界以外にも無数の世界があるというものだ。特に、確率ゼロではない形で異なる結果となりうる量子実験が行われると、全ての結果がそれぞれに異なる世界において生じる。我々がそのうちの一つの世界での、我々が目撃した結果しか知ることができないとしてもである。実際、量子実験は実験室でだけではなく、いたるところで非常に頻繁に行われている。古くなった蛍光灯の不規則な点滅も量子実験の一つである。

(http://plato.stanford.edu/entries/qm - manyworlds)

31

僕はタイムマシンの外に出る。

子供の頃よくかけたフリーダイヤルの番号を思い出す。腕時計の時刻をぴったり秒まで合わせるために何度も繰り返しかけたものだが、本当のところ僕はただ、録音済みの電話の女性の声が、慎重に一音一音をはっきりと発音する口調が好きだったのだと思う。

あんな感じで、時刻はじゅう・いち・じ・よん・じゅう・なな・ふん・ちょうど、をお知らせするところだ。

どうすれば過去を変えられるのか？　無理だ。彼は僕の腹に銃を向けている。怯えているみたいだ。彼を責めるつもりはない。僕は少し前、一瞬前、彼の立場にいたときのことを思い出す。未来を見つめるというのがどういうことかを思い出す。恐怖に満ち、理解不能で、奇妙に見える。たとえ思っていた通りだとしても。それとも思っていた通りの方が余計に。

彼の指は引き金にかかっていて、引き金はわずかにだが後退中だ。あなただったら、彼に自分自身を怖がるのを止めろとどうやって説得する？　あなたならどう、そういつも怖がってばかりいなさんなと自分自身を説得する？

僕ら二人は、ここに立っている。同じ男がある瞬間のあっちとこっちの端に立っている。互いに同じことを感じつつ、自己嫌悪と自己への好奇が綯交《ないま》ぜとなり、揺らぎ続ける集積物の混淆《こんこう》、僕の自意識として知られる病みついたシステムの配管を流れる不安定な流体の内壁への沈殿物、その流体は頭の中のごぼごぼいう水路、深い暗渠《あんきょ》を巡り、僕がこれまで話し方を学んだときから、それ以前の、思考することを学んだときから自分に向けて語り続けてきた物語という内的独白を経て、おむつをはいているとき、ベビーベッドの中にいたときにはもう、ばぶばぶと語りはじめた──声になることもあれば、ならないこともあった──物語は子供時代に入るや加速し、それをすぎて思春期には痛めつけられ苦悩に満ちた物語となり、今日まで、この瞬間に到るまで続いてきた数十年に渡るお喋り、続いて続いて続く僕の人生についての独白は僕の死の瞬間に突然中断されるまで、というのは他ならぬ今のことで、それというのも、男が引き金に置いた指がぴくぴくとしている。自分語りの全てはここ、全ての単純な状況の中でも一番単純なここへと至る。イエスとノーの境、危険と安全の瀬戸際でシーソーしつつ、進む価値があるのかどうか続ける価値があるのかどうか、瞬間瞬間の狭間で自分が何を知っているのか解き明かそうとする男の物語。僕が自分に語り続けてきたサバイバルもののお話でもある。僕の前に立つこの奇妙な人物は敵か味方か、敵側か味方側かこの場合どちらもで全ての側で、全員がなぜか同一人物であり、その人物とは僕で、だから答えは全ての場合で敵と出る。僕は自分自身の最も危険な敵だ。僕には彼の考えていることがわかる。彼は彼の受けたトレーニングのことを考えている。自分自身を見たら逃げろというやつだ。そして彼の本能は殺せと言っている。そうして僕は彼の頭の中で何が進行しているかわかる。彼の脳が彼にこの出鱈目《でたらめ》を収拾させ、この狂乱全ての主導権を握ろうとしているのがわかる。僕には彼の目が「こいつ誰だ？　何をしようっていうんだ？」と言っているのが見える。僕には彼が、僕がこの状況にいたときに未来の自分を見ていたように真っ直ぐこちらを見ているのが見える。彼は見ていて感じていて、彼の感じているのは、真の自己認識や自己対峙の瞬間にのみ、本物の自己消滅の可能性に直面した場合にのみ襲う恐怖からくる鳥肌であり、無意識的な戦慄だ。彼は眺めているが、見ていない。そしてこの二つの間にはギャップがあり、そのギャップの間にのみ僕のチャンスはある。変えられないものを変える唯一可能な余地だ。彼は既に僕を見ており、彼の目は僕を向いているから、僕が変えなければならないものは彼の心の中にある。物理的な事柄でも見た目でも視界でもなく、認識を変化させるのだ。何を見るかではなく、どう見るかだ。僕は彼に、彼に見えているものを見せなければいけない。僕を、彼自身を、僕ら二人を、彼が見ているものを僕が見ているのだということを。もし僕らが他者の視点から二人を、自分たち自身を同時に見ることさえできれば。もし僕らにそうできたなら事態を掌握することができ、過去と未来は一つの視点に融合され統合されて、僕らは現在の瞬間を目の当たりにすることになり、いかにそれが僕たちを隔てているかを理解する。時間軸の回りに浮かぶ鏡像みたいに。前や後ろを見る代わりに、そんなんじゃなく、外側から、全方向から覗きこむことさえできれば、今このときに内面をブラックボックスの中に押し込めて見ることさえできれば、彼にそうさせることさえできれば、彼は理解するだろうし、僕が知っていることを知るだろうし、それで必ず大丈夫というわけではないし、実際多分駄目なのだが、もし僕がそうするように彼を説得できたなら、彼は僕が知っていることを知り、僕は彼の持っているものを獲得し、これは行動の自由の範囲内で何かを変え、自分の意志を及ぼし、僕を次の瞬間に進ませることを恐れないで済むチャンスだ。僕は彼が保持している、僕が無限に繰り返していて現にタイムループの中で続けている行為をしない可能性を得ることになる。僕は彼の保持している前進の可能性を得るだろう。この全ては高度であいまいで自己肯定的だが、これ以外に問題を解決する方法はなく、それは僕が今なお、真っ先に自分を撃つような馬鹿であるってことで、つまり、これからも常に自分を撃つような馬鹿で、別の言い方をすれば、彼は僕を撃とうとしており、僕にできることはなにもなく、なぜなら僕にできることは何もなかったからだ。

これまで何度失敗してきたのだろう？　これまでに何度僕はこんな風にここに立ってきたのだろう。僕自身の像の前に立ち、自分という人物の前に立ち、恐れるなと、先へ進めと、この定型から外に出ろと説得しようとしてきたんだろうか？　最終的に僕を納得させるまでに何度、私的で消去可能な死を僕は死ぬ必要があるのだろう。学びとるまでに、理解するまでに、何度自己殺人が行われれば、自分を壊し続ければいいんだろう？

タミーは正しかった。僕は何も違ったことは言えないし、何も違ったことはできないし、さもなければ、違う宇宙に辿りついてしまう。ここことそっくりだが、これらの記憶を一切引き継げない、父をどこに探せばいいのかわかっていない、そのチャンスを持てない宇宙に。なら僕は何を言う？　僕に言えるただ一つのことをだ。僕が既に言ったこと、一番理に適っていること。真実をだ。

「全ては本の中にある」僕は言う。

僕らは無限に薄いコインの裏と表だ。コインをどんどん薄く削り、互いにどんどん接近していく。任意の薄さにすることができ、薄さの極限はゼロに近づく。間に誰も何もなくなるまで、ゼロで出会うに到るまで削る。僕はイプシロン‐デルタ論法で、僕は彼が未来の自分の任意の近傍に近づいていくのと同じようなやり方で、自分の過去の極限だ。僕らは全人生をゼロ地点で送ることができる。僕らは一瞬のうちにマシンの中で丸一か月を生き、記憶の中の一生を経た。僕らは全人生をゼロ地点で送ることができる。与えられた任意のイプシロンに対し、僕が、自分を撃つが実際にはまだ撃っていない自分の任意の近傍に近づけるデルタが存在する。僕は自分の極限であり、極限とは現在だ。

「本が鍵だ」僕は言う。陳述終わり。これで充分であることを祈りつつ。これ以上何も言うことはできないと知りながら。

言葉はまだ、僕の口から出てこようとしており、響きはまだ空気中に留まっており、最後の音が一瞬の間、我が人生最長の一秒間僕らの間を漂っていて、僕らは凍りついていて互いを見つめる。彼は彼が知らないと僕が知っているものを理解しようと試みており、僕が知っているのは、僕が何も知らないということだ。僕は彼が既に知らないことは何も知らない。全ては彼の裡に揃っていて、思い出されるのを待ち構えている。一瞬前、僕がマシンに飛び込んだときから何も変わっていない。僕は記憶を訪れ、そうではなかったがそうあるべきだったことを探検し、ループに陥り、しかしそのループはこの本のように、現在という瞬間の別様の表現でしかない。ループはヒモで、周回して戻り、きつく引かれて結び目になり点と化し現在という瞬間である結び目となる。現在と同じく自己の上へ崩れ落ち、この本のこの文章のように、それについて考えるときにだけ現れる。僕は過去を変えることはできないが、現在を変えることはできる。実際に口にすることなく、考えるだけで、知るだけで、どうやって彼に納得させることができる？　しかし今僕は二人がどんどん近づいているのに気づき、僕が理解した瞬間に彼も理解したことに気づき、僕らはどちらも境目におり、僕が文章を終えるまでには、彼は気がつき、僕も気がつく。彼は知り、僕は知る。そして彼は僕が知っていると知り、僕は彼が知っていると知る。

僕は手を伸ばし、銃身に置く。彼が銃を下げる。

僕は安堵の溜息をつく。終わったのだ。

そして。痛み。

なぜって、ええと、その点はどうにもならないからだ。僕は最初に自分を撃ったから、毎回そうなるし、こうなるしかなく、今回もそうなる。僕は痛みを感じていて、彼は僕がそうしたように銃を下げ、僕がそうしたように引き金を引き、そんなわけでなんてこったこれは痛い。おお、おお坊や、痛いね痛いね痛いね痛いね、でも僕はやり遂げ、重要な点は、起こったことは全てちゃんと、起こったように起こったことだ。彼は僕を撃ち、波動関数は収束し、全ては自らと再結合し、ある意味で僕らのうちの一人が死に、ある意味で二人ともが死に、ある意味でどちらも死んでいない。

その時がくる。こんな風に、ハンガーにいる不審者が自分の腹を撃ち、タイムマシンに飛び乗り、箱を開けて内部を眺め、何かのおもちゃや何か世界のミニチュアのようなものが、はっきりと彼を魅了しており、そこに何か彼の答えがあったことは明らかで、マシンに飛び込むときにその男は脚をひどくぶつけて痛め、そしてもちろん、自分への発砲の傷により腹部から大量に出血し、彼は砕いた腓骨《ひこつ》からも出血しながら横たわり、設備内の警報システムが鳴り響き、全部署が警戒態勢になり、警官が不審者を逮捕しようと駆けつけ、そして彼がつい前日に現実からの九年を超える逸脱から戻ったばかりで、その間全ての時間をクローゼット大の空間で、人生の三分の一を費やしたことからくる消耗から立ち直っていないことが判明したのちに釈放する。もちろんそれは外側から見て起こったことで、それが起こったことで、でも起こったこと全てではない。起こるのは、不審者が崩壊について、各瞬間の無限に分割可能な性質について独り言をつぶやいていることだ。不審者は自分の頭上に浮かぶ巨大な時計という確実な時間の表現を見ることができ、彼は時計が時を刻むのを見ることができる。ゼロが一に変わり、一秒が定位置に収まる。11:47:01。時が進む。起こるのは、不審者の目がうるみ、愛犬はひどく心配そうで、不審者は自分を抱きしめるような動作をし、茶色の包装紙に包まれた箱をプレゼントのように、不審者が再び十歳に戻り、今日が誕生日であるかのように開けはじめる。彼は父親からの贈り物を開けはじめ、実際、そうしているかのように開く。

僕は前によろめき、タイムマシンに向かってぎこちなく倒れ込む。僕はいつだって、レーザーガンか何かの武器で撃たれたときに優雅に倒れることのできる主人公たちを尊敬している。僕は常日頃から、自分が撃たれるような物語の世界に紛れ込むような幸運に恵まれたら、武器の物理的衝撃に体が反応する間、格好良く倒れることに最善を尽くそうと、ドラマチックにスローモーションで引き延ばすやつでいこうと誓っていたので、振り付けをされたみたいに、空間を一方向に進むダンスみたいに、音楽がはじまり、発砲を知らせるアナウンスがサウンドトラックに反響しているが、撃たれたときにまず思い浮かぶものは、素敵な倒れ方じゃないと言っておきたい。僕は無様に倒れ込む。僕はよろめき、何かの偶然でタイムマシンに飛び込み、その途中、すねをドアハッチに最初にやったとき並に思い出せる限り激しくぶつける。

その時がくる。こんな風に。僕はやはり自分自身を撃つ。その時がきて、やはり僕はタイムマシンに飛び込み、記憶の氾濫にあい、やはり包みを開けて探していたものを見つける。ここまでの全ての瞬間は、僕が包みを開ける瞬間で、そういうわけで今僕は何が起こっていたのか、起こっていたことの全てを、なぜ今日起こったのかを理解する。僕はやはり腹を撃たれるが、僕は全然それで死ぬわけではないことが明らかとなる。全てがなんとかなり、君は腹を撃たれても生きている。君がちゃんとやりさえすれば、僕は大丈夫だ。ただこれまでに経験したことのないような人生最高の痛みに見舞われはする。その痛みは、本当に素晴らしいものだ。

補遺A

SF的な宇宙で安全に暮らすっていうこと

箱を見るんだ。中にまた別の箱があるだろう。その箱を覗いて、また別の箱をみつけるといい。そうしてまた別のやつを。最後の一つに辿りつくまでやるんだ。一番小さいやつに辿りつくまで。箱を開けよう。キッチンを見て、時計を見るんだ。タイムマシンの中に入れ。父親を探せ。そこに着いたら、彼は言うだろう。やあ。君も、やあと言うことができる。それか、よう、父さん、でもいい。それとも、会いたかったよ、じいさん、か。彼は歳をとっている。歳に気づいても、わざわざそう告げる必要はない。彼は君を長いことここで待ってきた。このキッチンに囚われて。出ていくつもりはなかったという彼の説明を聞くといい。彼は出ていったのだけれど。彼が言いたいのは、彼の話をよく聞くと、出ていった彼が、自分は家に帰りたいのだと気づいたときには、もう遅すぎたということだ。彼のタイムマシンは壊れてしまい、彼は過去に囚われた。彼に、わかったと言ってやるといい。誰にだってあることだよと言うべきだ。男の人生の経路はそれ以上行けなくなるまで真っ直ぐで真っ直ぐで、そのあとは目的もなしに曲がりくねり、もつれ、そうして、どこかの地点で、経路はもう男が持つ時間を旅する能力では、移動用の機械では、何を愛しているのかという彼の記憶では手に負えなくなり、彼を前に進ませるエンジンは壊れ、彼は自分史の中に永久に立ち往生することになる。彼がこれを語るとき、君は頷くだけだ。君は怒っている。まだ説明されるべきことがたくさんあり、まだ答えられるべき問いがたくさんある。でもそれはまたの機会だ。ただ頷き、共感を寄せる。そうするべきだからだ。今や君は、ループのもつれについて自分の身でよく知っている。君はこれ以上、共にいる時間を無駄にしたくない。彼は疲れているようだからだ。彼は長年ここから出られず、空っぽの時間の中で待ち続けていた。自分が発見される手段はないとわかっている安全な時間の中で、君がメッセージを受け取ることを願いながら。君はやり遂げた。しかし彼は歳月を取り戻すことはできないし、記憶にあるよりもずっと歳をとっている。彼を君のタイムマシンに連れていけ。彼が小さく見えるとか、感銘を受けたようだとか、物事に驚嘆する少年のようだと笑わないように。彼に君の新しいマシンのOSであるティムを紹介しろ。タミーのことは知らせなくていい。君の心に秘めておけ。君と彼女は素敵な間柄だったが、君は次のオペレータが君よりもうまく彼女を扱ってくれることを願っている。君の父さんに愛犬を紹介しよう。エドだ。かつては存在していなかったが、今はまた存在している。なぜかって、ほら、わかるだろ。君は結局主人公みたいなものなわけで、主人公には相棒が必要で、彼は君の信用できる相棒だ。マネージャーのフィルに電話するのも忘れないこと。たとえ彼が感情を持っていなくとも。物事はきちんとしなくちゃいけない。多くのことをちゃんとするように気をつけること。箱に戻れ。行く先は家、時間は今日だ。母親に会いに行け。父親を連れて。三人で夕食を共にするんだ。君が決して結婚しなかった女性を見つけに出掛け、彼女が君といつか結婚する女性かどうか確認しろ。この箱から踏み出せ。ハッチを開けろ。継時上油圧式エアロックが気圧を調整してくれる。時間と危険と喪失の世界へ再び出ていくんだ。前へ、空白の平原へと進め。自分の書いた本を見つけ、最後まで読み、でもまだ最後の頁はめくらずに、引き延ばすんだ。無限に引き延ばしうる瞬間をどこまで引き延ばせるか試してみるんだ。好きなだけ短くも長くもそこに滞在していることが可能な、弾性を持つ今を楽しめ。その中で暮らし、今をうんと引き延ばすんだ。

[この頁は白紙です]

謝辞

感謝だけでは足りないが、ともあれ今は一杯を捧げる：

エージェントとして求められる全てを持っている、ゲイリー・ハイト。あなたの創造性が僕に筆を執らせている。あなたがいなければ、とうに諦めていただろう。代理ではなくいつか実際に会えるといいね。

パンテオン社の担当編集者、ティム・オコンネル。一三一件の事柄について感謝したい。僕はあなたに地面を示し、あなたは僕にどこに本が埋まっているかを教えてくれた。そうしてあなたは本を地面から掘りだし、土を払い、僕に手渡してくれた。そして僕がその本をどうすればいいかを説明してくれた。基本的にあなたが厄介な作業の全てを請け負ってくれた。

パンテオン社の広報、ジョセフィン・カルズ。僕がこの本を書いているときに一緒に仕事をはじめたばかりだったが、未来の僕はそれは素晴らしいものになると言っている。

以下の方々にもとても感謝している：

マーティ・アシャーの計り知れないほどの評価、助力、手引きに。またアンディ・ヒューズの創作のヴィジョンと無から本を現実にするのを手伝ってくれたことに。

それからダン・フランク、パトリシア・ジョンスン、クリス・ギレスピー、エドワード・カステンマイアー、マーシー・ルイス、ジョン・ゴール、ウェズリー・ゴット、アルティー・カーパー、キャサリン・クールタード、キャスリーン・フリデッラ、フローレンス・ルイ、ジェフ・アレクサンダー、ザック・ワグマン、ダニー・ヤネス、ハリエット・アリダ・ライ、W・M・エイカーズ、ピーター・メンデルサンド、ジョシュア・ラーブ、その他、ヴィンテージ／アンカー、パンテオン、クノップフ・ダブルデイ・パブリッシング・グループの、この本を形にするのに魔法の力と英知を貸してくれた人々に。英国宇宙はコーヴスで、別物だが同一のバージョンのTM-31をつくってくれた、ニコラス・チーサム、リーナ・ギル、ベッツィ・シャープ、アダム・シンプスンに。たくさんの才能ある人々と共に仕事をできたのは役得であり、得難い経験だった。

そしてもちろん、リチャード・パワーズ、レスリー・シップマン、ハロルド・オージェンブラムとナショナル・ブック・ファウンデーションにも、奨励してくれたことを感謝したい。このもごもごロごもる変な男が湿っぽい岩の裏で一人で書いたものがまさか、あなたがたのような人の目に留まろうとは。今でもまだ信じられないし、今後も信じられそうにない。

そして絶対に感謝を忘れてはいけない人々……

時間と心の平穏を与えてくれた、ヴァル・ジュー。コンピュータについての専門知識をくれたロバート・ジューと、ローズ・ロウに。それからハワード・サンダーズ、サラ・シェパード、タイラー・ジョンスン、台湾連合基金、台湾系アメリカ人連盟の熱意と支援に感謝します。

賞賛とかお詫びとか……

僕が今後も理解できないだろうが読むのをやめないだろう本、『ゲーデル、エッシャー、バッハ』のダグラス・ホフスタッターに。

そして、『世界の究極理論は存在するか』のデイヴィッド・ドイッチュに。あまりに魅力的なこの本を理解するためにとることのできた唯一の方法は、あなたのアイディアに対する完全な誤読を元に長篇小説を書くことだった。

持っていたかったよ……

タイムマシンに。この謝辞を書いている間に未来へ行って、僕は他に誰がこの本の助けになってくれるか見てくるだろう。個別に名前を挙げることはできないが、素晴らしい未来の皆さん、ひとまとめに感謝を捧げることを許して欲しい。

最後に……

いつも僕に良くしてくれているケルヴィンに。物語について新しいことを色々教えてくれた。物語の楽しみ方を思い出させてくれたソフィアに。すごく寝るすごいやつ、ディランに。モチに、そのもの悲しい目つきで一緒にいてくれることに対して。素晴らしい技術者であり良い父親でもある僕の父、ジン・ユウに。そして我が母、ベティ・ユウの創意と活力に。そして、僕が最悪のバージョンであるときも、いつも最高のバージョンで接してくれる、ミシェルに。

はじまりの物語：宇宙13

　十三の夏を、世界の崩壊を振り返ろう。わたしはハイスクールで午前中の物理学のコースをとっていて、それは毎日十一時には終わった。そのあと公園を回って弟を拾い、公共のプールに歩いていって跳び込む頃には陽が暑くなっている。わたしたちは端から端まで競争し、どちらが長く息を止めていられるかを試し、それにも飽きると、足をふくらはぎまで水につけたままコンクリートのプールサイドに腰掛け、できるだけ静かにして体の熱い表面から逃れ、わたしたちの足元に広がる領域に守られている自分たちの水影、世界から唯一守られている水の中のわたしたちの影の輪郭の中に留まろうとする。

　夏の終わりのある日、秋がはじまる二週間前、わたしたちはプールから帰り、母さんと父さん二人も仕事から帰ってきた。まだ陽も高かった。二人はキッチンのテーブルに向かい合って座ったが、お互いを見ていなかった。空気は重く音もなく、ちょうどわたしたちがドアから入ってくるまでお互いに話していた何かでいっぱいだった。わたしは何も言わなかったが、弟（わたしより若く向こう見ずで、わたしにはそうなれそうにない）は、もう今まで通りじゃいられないんでしょ、と言った。父は彼を持ち上げると膝に乗せてぎこちなくその話の輪に加え、わたしは自分が父のことを考えているんだと示そうとして、弟の水着は濡れていると指摘した。父さんは弟には見せた温かみなしにわたしを見て、気にしないさと言った。誰もそんなことは気にしないのだ。

その晩母はわたしたちにピザを頼むように言い、テレビの前で食べていた。彼女は小さなスカーフで髪をまとめ上げ、ショーツをはいているせいで実際よりもすこし魅力的に見えた。

「お母さん、まるで女の子みたい」弟が言った。「そう?」母は微笑み、飲み物を一口飲んだ。わたしたちはしばらく静かにテレビを見ていた。彼女にはわたしが、もう父に二度と会えないんじゃないかと心配しているように見えたに違いなく、なぜって彼女はわたしの耳を引っ張り、言ったのだ。ねえ、世界の終わりってわけじゃないのよ。でもそうだった。ちょうどその時、番組がニュース速報に中断された。彼らは街が二つに裂けた様子を放送していた。レポーターが破断面に立っていて、これは地震ではなく、分裂がどこで起こったのかを示すために線を引いてみることもできないような事態なのだと説明していた。地面やプレートや、世界全体が引き裂かれたのでさえなかった。時空そのものが引き裂かれたのだ。もちろん、その時にそう理解できたわけではなかったけど、それはどんなものよりも概念的な出来事だった。地震とは違い、破壊的でも突然の出来事でもなかった。目に見えないまま、静かに、何年もかけて進行していたものだった。その過程の認知的側面はまだはじまったばかりだったが、実際には、ずっと前からゆっくりとはじまっていて、いちどきに起こった。亀裂が、小さな罅《ひび》があちこちに走り、誰も気づかないうちに一番脆《もろ》いところに沿って一ミクロンまた一ミクロンと成長し、不可算の毛細網となって広がり、ある瞬間に、第一世界、それまでひとつだった都市は二つに分かれ、低い世界は高い世界から零れ落ちていった。

解説

SF書評家
橋本輝幸

本書は、アメリカの作家チャールズ・ユウのデビュー長篇 *How to Live Safely in a Science Fictional Universe*（二〇一〇）の全訳である。チャールズ・ユウにとっては第一長篇かつ初の日本語翻訳、作家・円城塔にとっては初の長篇翻訳だ。

この物語は（i）時間SFである。（ii）父の思い出を中心とした家族小説である。（SF業界での生き延びかたについては書かれておらず、科学エッセイでもない）

主人公は、著者と同じくチャールズ・ユウという名のタイムマシン技術者だ。個人用タイムマシンに乗って時間のはざまを漂い、タイムマシンのカスタマーサポートと修理を仕事にしている。

日ごろコミュニケーションをとる機会があるのは、タイムマシンに搭載された美少女人工知能のタミーと、非実在犬エド、マイクロソフト・ミドル・マネージャーなるソフトウェア製の上司フィルくらい。ユウの家族といえば、母親は老人ホーム代わりの短時間ループに移住し、延々と夕食前の幸福なひとときをくりかえしている。では父親は？　父はタイムマシン開発の先駆者になれたかもしれない在野の研究家だったが失踪中で、今はどこの宇宙で何をしているともつかない。

ある日、チャールズ・ユウはタイムマシン技術者が絶対に避けねばならない自分との遭遇、つまりパラドックスを引き起こす。なお悪いことに、ユウはとっさにもう一人の自分を光線銃で撃ってしまった。こうして発生した、自分に撃たれる無限ループを脱するべく、ユウは瀕死の自分から託されたマニュアル『SF的宇宙で安全に暮らすっていうこと』を片手に奇妙な空間をさまよい続ける。その旅は、ユウ自身の過去に遡航し、父親のゆくえを追うものでもあった。

旅といっても、主人公のユウはほとんどタイムマシンの中に引きこもっているから、大半は過去を回想する内面の旅だ。タイムループは、彼の人生における喉に刺さった小骨——ぬぐえない後悔の象徴でもある。はたしてユウはループを断ち切れるのか。

さて、円城塔と著者チャールズ・ユウの縁について解説したい。

ことの起こりは二〇一一年にさかのぼる。アメリカ滞在中、本書の原書に目を留めた円城塔は、〈本の雑誌〉の書評連載「書籍化まで4光年」で取り上げた（二〇一一年二月号）。このとき、著者名はチャールズ・ウーとされていた。

そして〈群像〉二〇一二年二月号に掲載された円城塔の短篇小説「松ノ枝の記」[*1]で、語り手「わたし」は旅先で「彼」の小説を手に入れる。タイムマシン関係の職業に就く主人公が未来からやってきた自分を撃つ——作中作のあらすじは本書そのものである。「松ノ枝の記」の「わたし」と「彼」は、辞書もなしに作品の相互交換翻訳を始める。翻訳というフィルターを幾度も介することで、作品は当然変容していく。

なお、冒頭こそ現実に基づき、私小説めいているものの「わたし」はもちろん現実の円城塔ではなく、チャールズ・ユウは「松ノ枝の記」を書いていない。

「松ノ枝の記」は、円城の第一四六回芥川賞受賞作「道化師の蝶」の変奏で、謎の作家と翻訳者、言語というモチーフが共通している。いずれも翻訳論小説とも、理解についての小説とも、理解するツール＝言語の違いとその産物についての小説ともいえる。二篇を読むと、円城塔みずからの翻訳業への進出、つまり「実践」するとどのようなものになるのかという疑問がむくむくと湧いてくる。その答えが本書だ。「松ノ枝の記」の発表時点では実現の予定はなく、今回ヒョウタンから駒が出たのはひとえに出版社側の熱望によるものだ。

円城塔の英和訳は本書に先がけ、二〇一三年十二月に怪談専門誌〈幽〉二十号にラフカディオ・ハーン「ジキニンキ」が発表されている。

ユウとトウの共通点として、共に理系の出身であることが挙げられる。（ユウの生い立ちについては後述）

二〇〇七年、全米図書協会の年次企画 5 Under 35――選考委員五人が三十五歳以下の作家の作品を一人一冊選ぶ試みで、ユウの第一短篇集 *Third Class Superhero* はリチャード・パワーズによって選ばれた。パワーズは物理学を専攻すべく大学に入学したが、文学に転向して修士号を取得した作家である。

円城塔はかねてから好きな作家としてリチャード・パワーズを挙げており、パワーズの長篇小説『幸福の遺伝子』（新潮社）の帯にも文を寄せている。円城自身もまた、理学部を卒業し、学術博士となった作家だ。チャールズ・ユウは大学四年のときにパワーズの『ガラティア2.2』[*2]を読んだという。ちなみにパワーズも円城もちょうど家族小説を書いていた時期の前後に、本書と出会っている。科学と人文の双方に引き寄せられた作家たちの間で、引きあう力が発生しているかのようだ。

本書の主人公でもなく、「松ノ枝の記」の著者でもない、本当のチャールズ・ユウについて紹介しよう。

チャールズ・ユウは一九七六年カリフォルニア出身・在住のアメリカ人。両親は台湾出身で、父親は奨学生として来米してカリフォルニア大学で航空宇宙学を学び、工学博士となる。ユウ自身も工学を志望しかけたが本人いわく適性がなく、結局、カリフォルニア大学バークレー校で生物学を主専攻、詩を副専攻にする。詩の投稿もしていたが、はかばかしい成果は上げられなかったようだ。

卒業後、ユウはコロンビア大学のロースクールに入学して法学博士号を取得し、司法試験に合格して弁護士になった。小説の執筆と投稿を始めたのは法律事務所に入所後、二〇〇二年以降になってから。息抜きとして封筒や名刺の裏、法律用箋《リーガルパッド》を使って思いつきを形にし始めたのが発端だという。

そうして生み出した作品をまとめたのが第一短篇集 ***Third Class Superhero***（二〇〇六）だ。表題作の語り手は、水分でちょっとしっとりさせることしかできない三流スーパーヒーロー・モイスチャーマン。収録作のうち数篇のパーツは、実は本書に再利用されている。例えば、遠い星に駐在して巨大なサメを観察する主人公と怪しい上司の通信がつづられる“Florence”や、物理学者Aと妻Bの出会いから、夫婦の関係に軋轢が生じ、Aがガレージで製作した理論的宇宙船を発進させるまでを数学の問題形式で書いた“Problems for Self-Study”だ。

二〇一〇年、待望の長篇である本書 *How to Live Safely in a Science Fictional Universe* を発表したチャールズ・ユウは、カリフォルニア州サンディエゴで毎年開かれるコミックや映像作品などの巨大イベント・コミコンにみずから赴き、出版社ブースで来場者にサインや販促用シールをふるまって本書を宣伝した。会期中、作家サミュエル・R・ディレイニーと共にトークイベントに登壇もしている。

二〇一二年には第二短篇集 *Sorry Please Thank You* を刊行。本書のために、収録作“Standard Loneliness Package”に登場する架空のCMを映像化したトレイラー動画が制作された。同作は、インドで悲しみや苦しみを代理して引き受ける代行会社に勤める男を描いた短篇SFだ。

ユウは現在も兼業作家で、企業内弁護士として映像のVFX（視覚効果）制作会社デジタル・ドメインに勤める傍ら、妻ミシェルと共に二児の子育てに追われる日々を送る。

ところで、ユウはいわゆるオタクか否か。答えはイエスでもありノーでもある。子供時代は、テーブルトークRPG『ダンジョン&ドラゴンズ』にはまって二十面ダイスを持ち歩き、『超時空要塞マクロス』の全話のビデオを入手したという。ただし大人になってからはコミックやゲームへの興味は薄れていった。

チャールズ・ユウはSF作家か否か。この答えもイエスでもありノーでもある。彼の著書は、英米ではSF専門出版レーベルから出版されてはいない。しかし二〇一一年、本書は前年の最優秀SF作品に与えられるジョン・W・キャンベル記念賞の候補になり、受賞は逃したが二番目に評価された。著作はSFとして評されることも多いし、先述の"Standard Lonliness Package"はオンラインSF誌〈ライトスピード〉に掲載され、リッチ・ホートン編集の年刊SF傑作選に再録されたものだ。中学校のころはアイザック・アシモフにはまり、手に入ったものは大体読んだそうだ。しかし現時点でユウがSFコンベンションに出席したことはない。好きな作家・影響を受けた作家にはドナルド・バーセルミ、カート・ヴォネガット、ジョージ・ソーンダーズを挙げている。

本国でのユウのイメージは、一般文芸の世界で活躍する、SF的な小説を書く作家だろう。誰もがワクワクするような飾りつけをして、誰もが思い当たる心情を切実に書く彼のスタイルは、本書にAmazon.comで一六〇人以上、読書履歴管理サービスGoodreadsでは一四〇〇人以上の感想をもたらしている。


本書は原書の電子版を翻訳したものである。電子版には、紙の書籍には収録されていない、

『スター・ウォーズ』の宇宙要塞デス・スターの求人票、プログレスバー、実家の写真などが随所に挿入されており、日本語版にはその特典の一部が反映されている。軽妙でとぼけた味わいの語り口を円城塔の筆で楽しめるのは、もちろん日本の読者だけの特典だ。

（＊1）『道化師の蝶』（講談社）収録。
（＊2）円城塔『これはペンです』、リチャード・パワーズ『われらが歌う時』『エコー・メイカー』（以上、三冊とも新潮社刊）

A HAYAKAWA SCIENCE FICTION SERIES No. 5015

円《えん》 城《じよう》 塔《とう》

1972年北海道生，作家
著書
『Self-Reference ENGINE』
『Boy's Surface』
『後藤さんのこと』
『バナナ剝きには最適の日々』
（以上早川書房刊）他多数

この本の型は，縦18.4センチ，横10.6センチのポケット・ブック判です.

〔ＳＦ的《てき》な宇宙《うちゅう》で安全《あんぜん》に暮《く》らすっていうこと〕

2014年6月10日印刷　　2014年6月15日発行

著者　チャールズ・ユウ
訳者　円城塔
発行者　早川浩
印刷所　三松堂株式会社
表紙印刷　株式会社文化カラー印刷
製本所　株式会社川島製本所

発行所 株式会社 **早川書房**
東京都千代田区神田多町2-2
電話　03-3252-3111（大代表）
振替　00160-3-47799
http://www.hayakawa-online.co.jp

（乱丁・落丁本は小社制作部宛お送り下さい
送料小社負担にてお取りかえいたします）

ISBN978-4-15-335015-1 C0297
Printed and bound in Japan

白熱光

INCANDESCENCE (2008)

グレッグ・イーガン

山岸 真／訳

現代最高のＳＦ作家と評されるイーガンが、はるかな未来の宇宙を舞台に、太陽系外の惑星で生まれた人類の末裔ラケシュの旅と、〈白熱光〉からの風が吹く世界の異星人ロイの活躍を描く、ハードＳＦ。